特立獨行錄

警察生涯四十年
（1950-1989）

葉愷 著

www.cosmosbooks.com.hk

書　　名　特立獨行錄：警察生涯四十年（1950-1989）

作　　者　葉愷

部份圖片提供　林建強

責任編輯　林苑鶯

美術編輯　楊曉林

出　　版　天地圖書有限公司

　　　　　香港皇后大道東109-115號

　　　　　智群商業中心15字樓（總寫字樓）

　　　　　電話：2528 3671 傳真：2865 2609

　　　　　香港灣仔莊士敦道30號地庫 / 1樓（門市部）

　　　　　電話：2865 0708 傳真：2861 1541

印　　刷　美雅印刷製本有限公司

　　　　　香港九龍官塘榮業街 6 號海濱工業大廈4字樓A室

　　　　　電話：2342 0109　傳真：2790 3614

發　　行　香港聯合書刊物流有限公司

　　　　　香港新界大埔汀麗路36號中華商務印刷大廈3字樓

　　　　　電話：2150 2100 傳真：2407 3062

出版日期　2018年11月 初版 / 2019年3月第二版 · 香港

目錄

序一

　　葉愷同袍是我的前輩，他加入警隊比我早十多年。我認識他是在半世紀前的一個社交聚會上，那時，我還是個新丁（新加入警隊），但已發現他具有一種特殊氣質，與別不同。當與他談論任何事務時，他總是滔滔不絕，能説上大半天。他的辯論，給我的感覺是和常人思維不同，似是而非；但過後細心回味，他的論據卻是另有「玄機」。

　　我認識的葉愷同袍，腦筋和反應非一般人所能及。數十年來，我們相聚甚少，因我們從沒有在同一間警署工作。在社交方面，我是地上的一隻「野狼」，而他卻是天上的一隻「野鶴」。他醉心於中國文化藝術，與我是截然不同的。我想，假如他把精力全放在警隊工作上，肯定能扶搖直上；如放於商業上，成就不是大富大貴，也能成為一小富翁。他淡泊名利，能從花花世界的貪腐朝代中抽身而出，確是難能可貴。他為了自己理想，於文化藝術中，由早年攝影、繪畫、篆刻到晚年醉心書法藝術，努力不懈，全力以赴；為的只是尋求個人心靈上的

作者葉愷（左）與昔日同袍李耀輝（今嗇色園黃大仙祠監院、義覺道長）合照，後方為葉愷題贈的《慈、儉、讓》書法匾額。

安慰與滿足感。

　　記得多年前見面時，他說將寫一本自傳，回憶一下過往有關警察界的一些事情和藝術生涯上的一些感悟。他特別強調全書皆是他個人的經歷事實，並非天馬行空；同時，他也透露部份內容更是一些「敏感議題」，會將前朝一些不公平之事情公諸於世。

　　前些年，他為嗇色園黃大仙祠之「道德經金句牆」題字；近年又為本人書刻道家三寶《慈、儉、讓》牌匾。晚輩為一介武夫，筆墨非本人所長，今無以為報，只能寥寥數語，以表感恩之情。

李耀輝（義覺）

嗇色園黃大仙祠監院

戊戌年初夏於監院辦公室

序二　我自為我 · 藝道獨行
——序 葉愷〈尋藝篇〉

　　葉愷先生是一位頗具傳奇性的人物。他在香港警隊任職
40 年，1950 年考入警隊，由最初的警員（散仔），經八年的
自學進修，升遷到督察（幫辦）級警官，駐守過多個警署如沙
頭角、九龍城等，又做過水警、政治部的崗位、工務局聯絡官、
初級法庭的主控官等，在 1989 年榮休。40 年來經歷了不少
風霜歲月、危機困局，可説是見證了香港的歷史。當年警隊良
莠不齊、貪污盛行，警察的名聲頗為人詬病，然而個性使然，
葉愷始終能潔身自愛、守正不阿，實屬難能可貴。其事蹟詳見
於本書，不再贅述。1958 年他由「武」入「文」，開始踏上
日後的藝術生涯，並成為一位卓爾有成、獨具創意的書法家，
也與他「獨立特行」的性格行止互為呼應，並無二致。

　　1958 年他對攝影產生興趣，到處獵影，甚至在宿舍設立
黑房，從事沖曬。他加入香港攝影學會成為會士，也一度獲
得「世界業餘攝影沙龍」十傑的第九位排名。然而六年之後，

葉愷放棄了對攝影的探索，轉移到研習中國繪畫和書法，因為他猶記在幼年時父親的教誨：「書法是寫字，把字寫好，表示有學問。」當時書法教材字帖不多，他去信日本二玄社訂購書法碑帖作為臨摹，也臨摹過畫冊上刊載的范寬名蹟《谿山行旅圖》，並記得一位裱畫師傅評他的書畫線條薄弱，令其深有所感。這幀早期的臨摹畫作，仍為他珍惜收藏。

在葉愷的學藝生涯中，沒有經過傳統式的師徒傳授繼承的過程，主要靠自己努力摸索；正因如此，他沒有包袱束縛，得以自由發揮。緣份所至，他得遇多位名家，其中一位是香港新水墨畫先鋒呂壽琨。1968 年他始習西畫，但其後沒有繼續發展。1970 年，透過朋友在一場宴席中邂逅呂氏，呂氏曾到他家中看畫，給予意見；也在旅遊香港景色途中，聆聽呂氏的畫論和寫生心得。呂壽琨在香港中文大學校外課程部開辦水墨畫課程，葉愷也有報讀。呂氏教畫，要學生遞交習作，分門別類，予以指點，更着重創意精神。有一次呂氏應葉愷邀請看他臨摹的董源《夏山圖》，興起之餘更即席作畫相贈。1975 年呂氏遽歸道山，葉愷也透過警察部同事幫忙簡化驗證的程序，令呂師安息上路。

因緣際會，葉愷於 1970 年得有機會拜謁名篆刻家陳風子老師，得其教授篆刻和予以提點，由是得窺篆刻和書法之道。但他只隨陳氏習了一段短暫時間便決定要先鑽研書學為本。其

後他也拜會名書法篆刻家、有「邊款王」美譽的陳語山老師，並試在石章刻邊款。葉愷忽發奇想，為何不試刻硯石，於是轉刻硯台。這些體驗誘發了他在其他物料如竹木、石塊、傢具上融會書法、雕刻藝術的奇思巧作，別創面目。

在書法上，葉愷沒有接受正式師徒或學院式的書法授業過程。基本上他是靠一己努力、不斷探索而建立個人風格。他於各體書法如篆、隸、楷、行、草書和古今名家書風有所涉獵，也探訪過書法名蹟勝地如西安碑林、泰山碑林、摩崖刻石、兩宮珍藏等，得以眼界大開和汲取靈感。葉愷是一位不拘小節、不尚流俗而好試新風的書法家。較為規整的書體如篆、隸等並不太符合其脾性，於是轉移到專攻楷、行、草書。他可以寫一手殊有晉唐風韻、秀逸雅致的楷書；也能掌握圓轉流暢、自由奔放，綜合宋元清諸家風範的行書，和具有盛唐、明末清初大開大闔、雄奇狂恣氣度的狂草。他的書法不像傳統般只拘限於詩詞歌賦、古籍佛經的內容，更具獨創精神而以俚語、藥方、俗話、歌詞、聖經等入書，甚至在 2016 年首辦的個展引入來自警隊生涯遇到的黑社會題材。他利用的物料和形式也不只限於毛筆宣紙、卷軸冊頁；而是擴展至木板石材、傢具雕刻、樹葉木枝、竹具玻璃、香筒容器、缸瓦陶瓷、簡牘雜物，甚至在坊間店舖覓得的牆紙、相框、膠盒、碗碟也可用來書寫，甚至將物件重予組合而成為別具創意的表現形態。葉愷的書法作品

葉愷精於各種書體，而且書法不限材料、不拘形式，隨心所欲，別具創意。圖為晚近作品，曾在「葉愷八三書法展」（2016年）中展出。

為數甚豐，其中不乏長篇鉅製如老子《道德經》、曹植《洛神賦》、陸羽《茶經》、佛教經籍《心經》、《金剛經》，以至全本聖經，呈示了旺盛的創作生命力。

葉愷不拘物料，不循常規的書風，在一些書家的眼底下，往往認為是背離傳統、離經叛道、不登大雅而故作驚人之筆，藉以譁眾取寵。然而其書法風格正是充份反映這位書法家創新求變，不拘泥於傳統、不務習氣流俗的創造精神，展現將傳統注入更多可能性的藝術語境，也印證了這位書家特立獨行的為人及個性，與其自行其是的警員生涯並行不悖、不謀而合。

葉愷曾與友人在其何文田山宿舍成立「文田書集」，即「甲子書學會」的前身，後來也成為該會的創會會員，積極參與會務，但正因其倨傲自得，不黨不群的性格，於 2013 年以年邁為由退出該會。他從事書法創作逾 40 餘年，努力不懈、不離不棄。自 1983 至 2009 年，他九次入選香港藝術館舉辦的香港當代藝術雙年展，作品並為該館收藏，也被該館選取在 2010 年館方主辦的「承傳與創造——水墨對水墨」——上海世界博覽會香港特區節目中於上海美術館展出和其他多個展覽中展示，足可反映其藝術成就。葉愷在書法上的多元化和創意無限的探索，也印證了其自書的座右銘：「學書之道，首重自娛，次求參悟，恆以平常心為之，則去古日遠，而吾道存焉。」本人更可期望葉愷在耄耋之年，再闖高峰，將書法提升至更高

層次和為其他書法藝術工作者帶來更多啟發，在香港書壇作出貢獻。

鄧海超

香港浸會大學視覺藝術院客席教授

序三

　　55 歲時，在普通話研習社學普通話，每週一課，歷時三載，從基本漢語拼音起步，1991 年考取香港考試局普通話高級測試文憑（此生擁有唯一的認可文憑）。多年來疏於練習，幾乎已將所學奉還老師。77 歲才開始接觸電腦，我問年輕一輩，到哪兒學？他們對我極具信心，幾乎一致說：「自學。」購買了所需軟、硬件，師傅給我安裝好，說可以開始操作，如果按錯鍵盤，電腦不會壞，更不會爆炸。我買了入門書籍，按步驟練習。遇到難題，自己解決，萬不得已，才請教高明。為了奪回所學，我決心用漢語拼音輸入法，寫這「回憶錄」。

　　趁體能和記憶還未完全衰退，將 40 年親身經歷的警察生涯，坦白道來。讓讀者多了解從前香港警察和社會的部份實況，五、六十年代的香港警隊存在不少陰暗面，書中的很多事情醜陋不堪，讀者尤其是現職警務人員必須引以為戒，以史為鑑，作為反面教材；至於個人榮辱，任由評說。

　　我在警隊的時候已開始接觸藝術，視為業餘愛好，到退休後更全力從事書法藝術的追求，前年 83 歲剛完成了第一次

個人展覽。本書〈尋藝篇〉記錄我在藝術方面的探索過程，我的一生可說是由一名警員到藝術工作者的蛻變，寄語讀者，人生不應隨波逐流，要堅持理想，所以此書就命名為「特立獨行錄」。

特別感謝李耀輝先生和鄧海超先生兩位好友在百忙中賜序。李先生是我在警隊的同事，以仗義見稱，離開警隊後轉而學道，現為黃大仙祠的監院，他的經歷也可說是一個傳奇。鄧先生是我在學藝生涯中認識的好友，他曾任香港藝術館總館長，現任香港浸會大學客席教授，對我的藝術道路啟發甚多。

此外，蕭滋先生鼓勵我出版這本書，林建強先生慷慨借出珍貴歷史圖片，謹在此衷心致謝！

葉愷

2018 戊戌年秋

第一章

好仔當差學擦鞋

1949 年雙十節，我孤單一人從廣州乘火車抵達香港。初見大海，真想嚐嚐海水是否如書上所説「海鹹河淡」。同月17 日，香港報紙刊出〈廣州天亮了〉，共產黨快要解放全中國。我白天仍在九龍各處閒蕩。幸好遇上我同學的哥哥，一位貨倉看守員，他讓我晚上睡在倉裏的貨箱上，才有了臨時棲身之所。 一個多月後，經親友介紹再移居到鑽石山華清池（一所荒棄的遊樂場和游泳池）。

　　人浮於事，很艱難才在跑馬地一水果店找到一份送牛奶麵包的工作，月薪 15 元，包食宿，凌晨 5 時開始工作至晚上 8 時，沒有勞工假期，晚上睡在廚房外走廊邊滿佈臭蟲的板床上。幹了兩個月，我感到這份工作沒有前途，於是決意辭工去投考警員。當時政府工作有多項選擇，但我覺得投身警界較為適合本性，除了服務市民大眾外，晉升機會比其他政府部門要多，只要能刻苦耐勞，頭腦靈活，肯進修，前途無可限量。投身醫務行業做雜工，一定不會晉升為醫生。投身教育行業為校工，一定不能提升為教師。因為他們需要文憑及認可資格。更天真的是，以為身為警察，只有我拘捕罪犯，繩之於法，我本身永遠不會坐牢。

　　當年有所謂「好仔不當差」，幾經艱難才能把老媽説服，同意我去「當差」。我更向她保證 40 年後還她一個好孩子。1950 年 2 月的某一天早晨，我乘電車到西營盤，我對售票員

説：「兄弟，到七號差館，請通知我下車。」

他很驚奇地問：「你去考警察？」

我説：「是。」

他再説：「你個子小，年紀也輕，不去也罷！」

我笑笑。

在差館的操場上，已經有近千人在等候投考警員，我是其中之一。一位警長大聲喊：「每 50 人排成一橫列。」列好隊就開始作初步招募人選。一會兒，出現一位穿制服的英國警官（後來才知道他是警察訓練學校校長），隨同的是一位華人高級文員兼翻譯（俗稱「大寫」），他們步過行列——如果校長不停步，就表示這 50 人不被取錄，立刻要從後門離開警署；因為沒有作初步登記，他們日後還可以再來碰運氣。如果他停步和詢問你，而你的回答令他滿意，他就會示意你站到遠處樹蔭下等着，這表示你已經初步入選。

在等待的時候，左右兩旁的考生問我年紀多大，我説 18 歲（考警員的最低年齡要求是 18 歲），他們説我個子小，應該報大年齡到 19 或 20 歲才有機會（香港政府在 1950 年中才開始發市民身份證），我謝了他們。我想了想，我個子小而報大年齡，豈不成為「老樹茄子」——長不大？最後我決定還是報 18 歲（其實我真實年齡未達 17 歲）。等了約半小時，機會來了，校長在我面前停步，看了看我，用英語經翻譯問我年

紀多大？

我答：「剛剛 18 歲。」

他再看我，搖頭說：「你個子太小，遲些長高了再來吧！」說完就離開。

我忙說：「先生，請留步！」

他果然回頭，我問他：「可不可以讓我提三條問題？」

他點頭。

我說：「如果現在招了我當警員，是不是立刻派出服務，而不須要訓練？」

他回答：「當然要訓練。」

我再問：「訓練期多久？」

他說：「六個月。」

我接着說：「到時候我不是已經長大了嗎？」

憑這三段話，他笑着指向樹蔭。我總算過了第一關。

再等了個多小時，約有 50 多人聚在樹下，都是過了第一關的朋友。警長開始考中文，取讀默方式，他強調每一位考生如錯上三個字就不及格，要離開隊伍。然後他用手提擴音器慢慢唸出一段有關一孕婦在計程車上產子的新聞。結果，我只錯了一個「孕」字。在乃和子之間多添「又」字。過了第二關，午飯後各自到大館（中央警署）驗身。在驗身的表格上，我的視聽能力都沒有問題。體重 105 磅（達標是 120 磅），體高

前港督葛量洪檢閱警隊並頒授獎章。攝於 50 年代。

前港督葛量洪檢閱水警隊伍。攝於 50 年代。

5 呎 3 吋（達標是 5 呎 6 吋）。在這情況下，我應該是被逐出行列，但最後我還是留在隊裏，我不知原因，可能有貴人在暗中庇護吧。最後驗尿，女護士給我遞上一個大瓷瓶，吩咐我去廁所留尿送檢，剛巧尿急，就拉滿一瓷瓶尿，拿回給護士小姐，挨了一頓「臭」罵。

回家等了八天，收到警校的英文信，找人給我翻譯，才知道已被取錄，入伍日期是 1950 年 3 月 13 日傍晚 5 時到 7 時。各人要自備一個 16 吋 X 12 吋 X 6 吋的原色藤籃，梳、毛巾、牙刷、牙膏和鬚刨各一，內衣褲和外衣各一套，此外不許帶其他雜物。

那天下午 6 時，我提着藤籃抵達香港仔黃竹坑警察訓練學校，在校園大路上，碰上同時入伍的兄弟，也碰見在訓練期中的師兄們，他們見了我，友善地説：「小弟，你真好，送哥哥來當差的嗎？」我答：「不，是我自己。」他們帶着懷疑的目光離開。所有入伍者抵達後，齊集操場，按高矮分成三班，每班 63 至 64 人，這就是香港警察訓練學校第 29、30 和 31 期的學員。因為我矮小，自然是第 31 期及排在隊尾的學員。住的房子是戰後日軍遺下的水泥鐵皮屋，在淪陷時期曾是日軍儲存糧食、米豆的倉庫，沒有風扇和熱水設備；我們洗澡時數十人赤條條在大浴室噴頭下淋浴，廁所也要跑到老遠才有。

一宿無話，早上 9 時，列隊到貨倉領取裝備，再到理髮

室，師傅以最快速度把我們的頭髮剪短；列隊到操場，由警長派發警員編號。我的編號是 2454，我班的編號順序是 2435 至 2498，共 63 名學警，為警校第 31 期學警訓練班的學員。然後由助教警長講警校規則等等。下午把課堂和宿舍打掃乾淨。晚上訓練開始，第一課是學擦鞋（擦亮皮靴）。皮鞋的表面是凹凸不平，像麻子臉（俗稱荔枝皮），還有一對用粗厚帆布製成的腳綁也要同樣擦亮。學校規定要把凹凸不平的皮面擦得變為鏡面，光可鑑人，才算及格，在技巧上有一定的難度。有師兄們教路，也要用上三、四小時才達標。我想這可能是在訓練我們的耐性。作為一名警員，忍耐是必要的條件。

每天訓練課程緊湊，早上 6 時半起床早操。晚上 10 時關燈睡覺。訓練科目包括法律、警員操守規律、步操、武器使用、自衛、搏擊、游泳、救傷及指揮交通手號等等。 每兩週考試一次，成績不好要挨罵，而體罰是默許的，一般是罰跑圈、俯臥撐、掌摑、推、踢等等。受了體罰，還要說："Sorry, Sir!"投訴無門。當年教官們的口頭禪是「外邊有很多人等候着你肩膊上的編號」，「受不了可以告辭，我們也可以隨時把你踢走」。可能我年紀小加上機靈，在受訓期間，只遭到一次掌摑後頸——起因在初次手槍實彈射擊，面對靶子，突然槍不靈，不能發射；我端着槍轉身欲問原因，不期然槍口就對着身後的教官，他立刻用左掌按我的頸部，右手繳了我的手槍，動

作很快;他厲聲説:「你忘了我説過『槍口永遠只能對着敵人嗎?』」就這樣,我上了寶貴的一課,銘記於心,槍口只能對着敵人。

在訓練期間,學員每兩星期放假一天,按編號的單雙數分別放假。原因是要有半數學警要留校候命,如遇突發事件可以作支援。月薪是 143 元。扣除早午晚餐伙食、理髮和洗衣費等約 50 元,每月還剩下 93 元,可以説是薪高糧準了。

6 月初,校方通知我們 29-31 期學員,要提前畢業,原因是當前的警力不足以應付從大陸湧來的偷渡潮。經過 94 天短暫訓練,1950 年 6 月 17 日早上,多輛警車載着 190 名「早產嬰兒」分別派送到港島、九龍和新界,其中約 80 人被送到新界警察總部(大埔)。 在大堂裏,一位警長高喊要去元朗的舉手,立刻有很多同學舉手,因為舉手的人太多,由另一位警長寫下十多位同學的編號,就命令他們離開。按次序是落馬洲、上水、粉嶺、大埔和沙田,都有人舉手,寫下編號後便離去,最後剩下我和五位同學已不用舉手,就被送到沙頭角。事後我才知道多人舉手的是「油區」,有黑錢分。沙頭角屬於「沙漠」,雖處沙漠,但每月的伙食費和其他雜費也不用付錢,那時候我還不知道是甚麼原因。月底乾拿「見習學警」薪金 165元,我已經很滿足。

第一章

不堪回首沙頭角

第二天我們六名學警被派駐石涌坳警署。再往前是沙頭角村警崗，屬於邊境禁區，距離中英街很近，在分界線上甚至可以和解放軍手碰手。當天就有一位師兄暗地裏告訴我們要警惕，說署長是英國人，能講廣州話，是雙性戀兼有「後庭之癖」，我們謝了。一個多月來，平安無事，幹的都是站崗、村巡、報案室（當年稱巡捕房）等工作。除了每星期一天例假，所有警員下班後都要留署候命，每天上限六名警員可外出四小時。閒來無事，同事們都是在下棋、打麻將、閒聊或睡覺，有興趣的可以領取 79 步槍到山邊練習射擊，但首先要得到內務警長的批准。當年槍械、彈藥的管制還未完善，警官（督察級以上）可以長期佩用私人手槍，一般都喜歡美國製的點 45 型航空曲。偶有遺失彈藥，警員也很容易得到補充。

某一天午夜，我獨自一人在報案室值班（當年警力不足，深夜極少工作，採用一人值班制）。約半夜 1 時，接到署長電話，命令我到他的宿舍，我知道這意味着可能有事發生，但命令不能不服從，惟有提高警惕，見機行事。

在警官宿舍裏，署長微帶酒意，請我坐下，問我：「要喝啤酒嗎？」

我說：「謝了，當值時不可以喝酒。」

他再問我：「喜歡調去 CID 當探員嗎？」

我說：「長官，別開玩笑，我剛離開警校，身份還是學警，

怎可以當上探員？」

繼而他拿出點 45 型航空曲手槍，問我：「你見過嗎？」

我答：「見過。」

他很驚奇地說：「你甚麼時候見過？」

我說：「有天你放假，不佩槍，把它放在報案室的槍房裏，我便有機會見到。」

他再問：「你想玩槍嗎？」

我還沒回答，他便示意我坐到他的大腿上。該來的不來，不該來的終於來了。

我對他說：「OC（署長），現在我想喝酒，你替我去拿罷。」

他站起來，到廚房冰箱取酒，我用最快時速把他的手槍藏在長沙發的背枕下，急步離開，跑回報案室。

很快，他來電話問我：「槍放在哪？」

我說：「槍在長沙發背枕下。」

事後我想，如果他用強，而我逃不脫，怎辦？結局一定是，要麼我開槍打他，要麼他開槍殺我。如果他死了，我被送上法庭，罪名是謀殺。如果我死了，他一定說我叛變，深夜刺殺他，可以脫罪。我當時的機智何來？可以告訴大家，我是在抗日戰爭中長大，童年走難，跟隨抗日大隊文工團的姐姐們到處宣傳抗日，逃避鬼子轟炸，故能處變不驚。

在往後的日子，他碰見我，裝作視而不見，我就避之則吉。一個多月後，他任滿調離沙頭角到九龍城警署任職署長。一年多以後，我因小事開罪鄉紳，也被調至九龍城警署和他共事，所以我對他所犯之事，知之甚詳：在他管轄下的地區，有一次他侵犯了一位舞小姐，把她弄得衣不蔽體，下體流血，舞小姐到警署報案。經調查後，結果案件不了了之，但這位警官從此在香港消失。我猜他是被遣回祖家。在 50 年代，很少英國官員會在香港坐牢。

嚴冬凌晨 3 時 45 分（我下班的時間是凌晨 4 時），我到營房喚醒接班的師兄，偷步卸下軍服。時間是 3 時 50 分，有汽車在大閘外響號，我來不及穿回制服，只披上大衣，手提輕機槍，跑到大閘旁，躲在石柱後，看見一位穿軍裝警長（Sergeant）在說，車內的是新界總區巡捕官（當年對指揮官通稱）麥花臣警司，快開閘。 我回答，不管是誰，先把車頭大燈關掉，使我能看清楚。燈跟着熄滅，步出一位身材高大，身穿皮大衣的老外，他用廣東話說：「我係麥花臣警司。」我認識他，再看清楚，車內再沒有其他可疑人，我才把閘門打開。他看着我，問我是誰；我答，警員 2454。他再問我，軍帽在哪？我不能回答，因為我的軍帽仍留在營房裏。他命令我解開大衣鈕扣，我遵命，他看見我只穿內衣褲。他搖頭笑笑，帶我進報案室，命令我按動警鐘（表示所有警員要立刻在報案室外

集合）。齊集後，他問：「誰是代署長？」（署長那天放假）

一位資深警長答：「是我。」

他再問：「你應不應該把整個警署的生命、財產交給一個『小孩』？」

警長無奈回答：「長官，不應該。」

警司看看我，對我說：「小孩，你先去睡覺。」

我說：「是，長官。」同時把輕機槍交給接班的警員。

我想向長官行軍禮，可是自己衣冠不整和沒有軍帽，只好默然離開，回營房睡覺。至於他們在幹甚麼，我不管亦管不了。

早上，師兄們對我說：「『細路祥』（當年流行同名漫畫的主角，是個「機靈小子」），昨晚的事，你要有心理準備接受紀律處分，甚至革職。」我無話可說，謝了他們。我想，是福不是禍，是禍躲不過，聽天命吧。從正午到下午 4 時，我在報案室當值（當年上班編制是白天四小時，晚上四小時）；下午 2 時，署長在報案室處理文件，電話來了，他接聽，頻說：「是，長官，是，長官……。」我知道是怎麼一回事。過了約 15 分鐘，掛了電話，他着我把昨晚發生的事詳細說一遍。他考慮後對我說，紀律處分可免，體罰難逃，罰我明天早上把警官宿舍兩旁土堆上的雜草拔除。我說：「是，長官。」

早上 8 時，朝陽下，我赤膊開始拔草；9 時，穿制服的署長，上了警車去開會。 立刻就有洗衣房的大嬸和住在附近的

客家妹妹來幫助我除草。陽光下，草叢中，有大嬸和小妹陪伴，蠻有情調，獨欠客家山歌。想起山歌，牽起我記憶中的一首帶點「鹹味」的客家歌謠，時值深秋，我隊在沙頭角烏蛟騰村巡邏，遠處飄來嘹亮歌聲，一位耕夫在唱：「新買蓆子九條行，蓆子乘妹妹乘郎，棉被蓋郎郎蓋妹，『關被』（跳蚤）咬妹妹咬郎。」歌詞琅琅上口，直應被列入歷史文化遺產。不到11時，除草完畢，我笑謝了大嬸和客家妹妹。事後回想，為甚麼署長給我的懲罰這麼輕？最有可能是在我拉開大閘的過程中，充份表現出勇氣和機智，如果不看不問就打開閘門，我這本回憶錄恐怕要改寫了。

十幾天後的黃昏，我和師兄們正在接受步槍操練，麥花臣警司來臨，看了一回，叫停操練，指着我對警長説，以後不要讓這小孩操步槍，也不要讓他值夜班。往後，我可舒服多了。過了個多月，我染上瘧疾，在上水何東醫院住院留醫，麥花臣警司碰巧到醫院視察，見到我，問我病情，然後就離開醫院。個多小時後，開車的警長給我送來水果，説是麥花臣指揮官送的。從此以後，我們再也沒碰頭。我懷念他，他是個有智慧、有情感的長官。

沙頭角村警崗位處禁區內，屬沙頭角警區管轄。每兩個月調防一次，駐守的警員大家都稔熟。某一晚上，沙頭角村警崗的兄弟通知我再多約幾位兄弟到警崗吃狗肉（昔日香港不少人

愛烹吃狗肉，直至香港政府在 1950 年立法禁吃狗肉而止）。沙頭角村是禁區，沒有上級批准，是不能去的，我和三個兄弟在沒有批准下溜去沙頭角。一隻狗不夠十個人吃，怎辦？時在晚上 10 時，店舖早已關門，唯一辦法是去偷雞補充；在抽籤決定下，偷雞行動落在我和另一位兄弟身上。我們在村屋梯間找到了雞群，正要下手，海邊突然傳來淒厲呼聲：「救命！翻船！」我立刻跑到碼頭，另一兄弟跑回警崗召援兵。在碼頭外，一艘屬於沙頭角的水警輪已經點火待發（水警輪日夜均有一名水警值班，方便陸警到附近離島登岸巡邏）。我大喊水警輪靠岸，接兄弟們去作支援。幾分鐘內，我們已到翻船海面，迅速救回墮海的六名漁民。他們都平安，無須送院。經過一頓勞累，意興闌珊，再也沒有心情享受「雞狗」宴，離開警崗返回警署。

翌日早上，署長召開會議，他黑着臉，嚴肅地問，昨天晚上，誰未經批准擅自去沙頭角禁區？沒人回應，靜默了一會，我忍不住舉手說：「是我。」他記下我的編號，再問，還有誰？沒人回答，署長宣佈散會。事後，師兄們齊聲笑說我是傻瓜。我說，我是出於義氣才替他們頂罪，平息署長的怒氣。一個多月後，警署文員告訴我並給我看《警察通令》第三號（員佐級通訊），內載有在某年某月某日，警員 2454 在處理一宗沙頭角海面漁民墮海事件中，表現機智、勇敢，有高度的領導才能，

獎 35 元。這是義氣的代價，也是我在警隊 40 年唯一的一次獲嘉獎。

　　過了一個多月不須值夜班和操步槍的舒適工作，我受不了同事們的嘲諷，向上級請求撤銷對我的優待，應該同工同酬，回復正常的警務工作。署長點頭表示嘉許。一天晚上，有村民來報案説，在田富仔村有一鄉村自衛隊隊員，用步槍打傷一名村婦然後自殺。我們立刻趕往現場，救護車也同時到達把傷者送往醫院。那自衛隊員已倒斃在田野，身旁遺下他配用的 79 步槍，子彈從前胸進背後出，從發射的角度來看，他是不可能自己扳機的。我發現槍柄上有泥土痕跡，步槍旁的泥地上有一新挖的小洞，深約 8 吋；我推斷是死者先挖小洞，把槍柄嵌入洞裏，縮短距離，再把自己的胸膛挨上槍口，用手扳機，子彈發射，最後應聲倒斃於田野。法醫官和 CID 也到了現場，我提着強光手電在旁照明以協助法醫官驗屍，CID 撿走證物以作深入調查，黑箱車把屍體運走。我的推斷得到肯定。

　　在秋高氣爽的下午，我們村巡隊（俗稱穿山甲）三個警員在一位伍長（Corporal）帶領下，在沙頭角荔枝窩榕樹凹一帶步行巡邏，突然聽到喊聲「搶劫、搶劫」，但見一漢子在逃，另一村婦在追着喊叫。我們立刻加入圍捕，在追捕過程中，我見那漢子右手好像有扔東西的動作。那漢子結果被我們抓住，村婦也趕到，她指控漢子搶了她的金指環。漢子沉默不作答。

香港警察一隊山野巡邏隊（俗稱「穿山甲」）在吉澳警崗留影。吉澳是在沙頭角以東的小島，往返沙頭角的小船是唯一的對外交通。攝於 70 年代。

在我們看守下，一位警員很仔細地將那漢子全身搜遍，仍找不到指環。 我突然想起，在追捕途中，他曾經作過扔東西的動作，我將這情形向伍長報告。然後我們把那漢子押回扔東西的地方，村婦跟着。現場小路旁是菜地，有一面積約兩平方呎的糞坑，我相信那漢子把指環扔到糞坑裏，因為在糞坑附近也找不到戒指。那怎麼辦？我們沒有權力也不能叫那漢子去掏糞坑，就算他真的願意去掏，找到指環了，也不會這麼笨把它撈上來，他甚至會把指環壓在糞池旁的泥土裏，待日後再回來取。我們更不能命令那村婦去掏糞坑。找不回證物就很難將那漢子入罪。唯一辦法，由伍長把疑犯扣上手銬，看守疑犯，我們三警員去掏糞坑。我們先用竹條探測坑的深度，深約盈尺，坑底凹凸不平。我們用杓子把糞便掏出，倒在坑邊，仔細撥開糞便，看看有沒有指環。再掏再倒，直至坑底部份坭土都露頂了，仍找不回指環。我們不能半途而廢，堅持貫徹精神，那怎麼辦？我們三人商量後，採抽籤方式去決定誰用手去掏坑找指環。我祈求上天，千萬不要選中我，因為我怕坑裏的蛆蟲。結果是害怕的偏偏被選上，我鼓起勇氣，赤手在凹底撈指環。證物終於被我找到；把指環清洗乾淨後，在那漢子面前由村婦辨認，證實是她的。最後，被告在法庭被官判坐牢，指環歸還村婦。這一幕手掏糞坑，畢生難忘。

12 年後，我在警察訓練學校當教官，教的是男女警混合

班。我把掏糞坑的往事作教材，有位女同學舉手説：「長官，你真笨，為甚麼不戴上膠手套才去掏？」

我笑説：「在 50 年代，警察出差，有帶備膠手套的嗎？更何況那時候膠手套是很昂貴的用品。在農村方圓十里，也難找到膠手套。」

她再説：「那你為甚麼要用手而不用竹枝或木棍替代？」

我説：「阿女，當有這麼的一天，妳和男友在花前月下，情到濃時，男友用竹或木棍代替手去撫摸妳，妳有怎麼感覺？」

全班哄然大笑。

第二章

從沙頭角到元朗

在沙頭角上班的日子，有時候也很難受，白天上班四小時，晚上還要扛着步槍和舖蓋爬上後山山頂，睡在日軍留下的洞穴裏（一人當值，其餘兩人休息），四小時輪班操控築在山崗高台上的探射燈。夏天晚上蚊蟲很多，圍繞在探射燈最光亮處，那就是説控制員的頭、臉、脖子和雙手最難受。若射燈不轉動，山下當值的警長就會搖電話查詢。但上有政策，下有對策，聰明的警員用繩綁在射燈兩旁的扶手，躺在 4 米外的地上用腳牽動繩索控制，大有仰觀天象，腳撥群山之勢，不亦悅乎。在寒冬夜，用同樣的方法，躲在洞穴裏操控。早上下班的警員把繩結解開，把繩藏起，提防上級識破詭計；到了晚上，由上班的警員再把繩索重新綁上，極之環保，循環再用。

1950 年代後期，很多大陸難胞湧進香港，香港政府開始派駐港英軍在邊界架設鐵絲網，防止偷渡潮。從沙頭角到落馬洲邊境，分段架網。白天港府築網，晚上偷渡客拆網。後來政府動用英軍和警察，全天候分段沿鐵絲網巡邏，下令巡邏隊不許走小徑或馬路，要在網邊步巡。在嚴寒冬夜，伍長帶領我們四名警員，攜帶夜巡裝備去執勤。我穿上四條褲，上身穿上棉大衣，外披雨衣，臉上除了眼睛，其他部位都裹上毛巾禦寒。一次，我偶一不慎，掉入水田裏，同袍快快遞給我步槍槍柄，把我拉起，我馬上檢查衣裳，幸而內衣褲還沒沾濕透。

在冬夜晚上 7 時到 11 時是我們村巡隊當值時間，由一伍

長帶領四名警員從伯公坳警崗步巡返石涌坳警署。才 10 時 40分，我們已經回到警署附近，伍長説，還差 20 分鐘，我們不能提前返警署，還是在路旁歇一回吧。我們看見路旁土墩上的石屋，燈還亮着，這石屋唯一的住客是福伯和他的家眷。福伯是警署常年僱用的年老雜工。伍長説，我們還是到福伯家喝杯水才打道回署。剛起步，屋裏的燈熄滅了，我們以為福伯剛要休息，不便再去打擾，於是打道回署。剛進報案室，還來不及把槍械卸下，就聽到淒厲的呼喊聲「打劫呀、打劫啊」從遠處傳來，我們馬上跑到大閘門，見福伯雙手被綁，滿口鮮血，他的媳婦雙手也被綁着；他們説，剛才有三名賊人持槍進屋打劫，掠去財物，向邊境方向逃走。我們立刻分途去追，在黑漆漆的山林曠野裏，找不到賊人蹤跡，只好收隊。後來福伯告訴我們，那天晚上，賊人聽到我們的腳步聲，一個賊用槍威脅他，一個把槍對着窗口，一個把燈熄滅。福伯再説，牙齒是被賊人砸掉，逼他説出藏金地點。無奈下，他只好説出黃金藏在鋤頭柄裏。事後回想，如果那天晚上，我們進小屋喝水，肯定會發生槍戰，敵在暗，我們在明，在毫無警覺下，吃虧的一定是我們。

當年新界，盜賊猖獗，警力不足，設備落後，電話還靠手搖機，經接線生駁線才能通話；笨重的對講機用乾電池，更需要雙方開機才可以聯繫。一旦有要事發生，值班的警員只有鳴鑼，留在警署休班的警員一律要盡快穿上警服，跑到槍房取槍

和子彈。槍的類型有手槍、手提輕機槍和 79 步槍三種，如事態嚴重，也可以帶上重機槍。先到的，搶着取 79 步槍，快速登上大卡車，坐在車廂前部；遲些的拿手槍或輕機槍坐在車廂中部；最後到的只能坐在車廂的尾部。上落車是把卡車的尾板放下開啟，沒有座位安排。抵達現場時，坐在車後的先下車，最後下車的是坐在車廂前端攜帶長槍的警員。我奇怪為甚麼夥計們都喜歡爭取攜帶笨重的步槍？謎底揭開：原因是上級一般不會命令拿步槍的警員衝進罪案現場，只會令其在現場外圍看守，必要時可以放冷槍。拿手槍或機槍的有絕大機會被派進入現場。我相信警隊同人執行職務時不會膽怯畏縮，但智者説，君子不立危牆之下。

1950 年底，荃灣葵涌發生大案，綁匪李偉挾持鄉紳何傳耀，在路上遇上警察路障，何機靈地把車門推開滾向路旁逃脱，李偉亦棄車而逃，跑至路旁一間石屋，挾持屋裏一名村婦及小孩。警員迅速把石屋包圍，並要求支援，我是支援隊其中一員，到現場已經是案發後一小時。我拿着步槍，被派在百米外監視，不許任何人包括傳媒進入警界線。稍後，李偉在警方要求下釋放了屋裏的婦孺，獨自據守石屋頑抗，並向荃灣區探長挑戰比槍，探長沒有應戰。最後疑匪李偉先擊斃一名外籍督察，再擊傷一名外籍總督察，最後更擊斃現場的總指揮官羅士琴總警司。傍晚，李棄械舉手投降，在步出石屋時，死於亂槍

50年代中期的羅湖橋上，內地的農民和小販帶着莊稼、家禽往返兩地。
圖左方及橋的末端可見駐守的香港警員，右方是國旗飄揚的內地邊境管
制站。

之下，省卻法庭審訊時間。

　　1950 年的新界，純是郊野大自然的景色，高山、流水、稻田、菜地、村莊、魚塘、農戶，沒有高樓大廈，汽車稀少，火車班次也不多，交通落後。除了盜賊多之外，毒蛇也多。夏夜步行巡邏，從沙頭角返回石涌坳，每次走的是一條很熟悉的小石徑。一次，我如常在小石徑前行，半睡半醒地背着步槍走路，突然有嘶聲從腿下傳來，嚇我一跳，亮起手電，見路上有一條長約 5 呎、黑白相間的毒蛇。毒蛇首尾仍然擺動但不能爬行，尾隨的隊員也看見。我相信是我在閉目步行的時候，我的軍靴把牠的脊樑骨踩斷了，所以不能爬行。結果，隊員們用步槍柄把蛇頭砸碎，棄之於路旁。我檢查小腿沒有受傷，可能是我穿上厚斜布製的長褲，褲管沒有被蛇咬穿，逃過一劫。

　　初春的早上，晨光熹微，太陽剛露臉，我在值班，急尿要上廁所，走一段石板鋪蓋在草坪上的小路，才可以到達茅廁。突然看見路旁草坪上有數十點晶瑩亮麗、青翠欲滴的小點在左右搖擺。初陽下，我看得很透徹，是一群小蛇在打霧。民間說：「不是毒蛇不打霧。」我相信這是青竹小蛇，令我毛骨悚然，只好另找別處便尿。

　　村巡隊的工作，有時候很辛苦，值班時間分 12 小時、8小時、4 小時，攜帶裝備有槍械、水袋、乾糧、手銬、手電和救傷包，還要背着笨重的對講機。攀山越嶺，走的是羊腸小

徑，荒草埋膝。炎夏汗流浹背，衣褲盡濕；天雨遍野泥濘，舉步維艱；秋冬較好。但有時候是蠻舒服的，那要看領隊的警長是誰，如果他是個不負責任、懶惰成性的警長，他會帶領我們找到偏僻的農家，放下裝備，安頓下來；吃一頓農家菜，找村長或鄉紳父老閒聊，打麻將或玩客家紙牌，師兄們也可參與，其餘在樹蔭下聊天、打瞌睡；如附近有池塘，也可以垂釣。在偏遠處如烏蛟騰、田富仔、紅石門、荔枝莊等村落設有考勤簿（簽到簿）供村巡警察簽到。躲懶的警長會安排機靈的村童去取考勤簿回來給他簽字，然後着村童再把考勤簿送回原地，代價是二、三元，可以省去遠足疲勞之苦。待黃昏日落，才漫步回署下班。

當年新界交通落後，從沙頭角到九龍要花上五、六個小時，有假期我也很少出九龍，只去粉嶺聯和墟、上水一帶溜達。那年代，休班警察坐公共汽車、看電影、進遊樂場都是「無須購票」的。上水墟商業繁榮，有市集、賭檔、字花檔、鴉片煙格等等。師兄們帶我去賭檔開眼界，賭的是牌九。從此，我染上賭癮。休班留在警署裏，學打麻將、玩紙牌。與同袍賭一場牌九，我輸掉三個月的薪金，隨後更把衣櫃（當年警員用的衣櫃都是私人購置）、手電、水桶等也輸掉。我自問並非好賭，但年少氣盛，氣在頭上，師兄們更聲稱要把我趕盡殺絕，毫不留情。以後的日子難過，白天把警員裝備放在床上，晚上把

裝備移到床下，才可以安睡。這事很快傳開，師兄們不忍心，願意退還所有物品給我，但基於願賭服輸，我不接受他們的好意。別人不知，還以為我在逞強，其實我在仿效「臥薪嘗膽」的故事，要在痛苦中激勵自己。往後三個月，除了回家看老媽外，順道到旺角奶路臣街的舊書攤找英漢和漢英字典等入門書籍，從拼音開始，到「a pen」、「a book」，在工餘時間自學英語。深夜值班，把有關警察常用詞彙，從字典找出漢文字義，如有不明，發音不正，白天找師爺（文員）或稍懂英文的師兄，誠懇求教。我還清楚記得，我曾向師爺請教放在報案室的「Occurrence Book」的「occurrence」一字，他要我付一杯咖啡的代價，再給我分析另一個字「occur」的用法。

新界的鄉長、村長大部份都很崇洋。一天早上，一位看似大款的村民到報案室要找老外署長，我在當值，回他說，老外署長去了開會。

他問：「甚麼時候回來？」

我說：「我不是他，怎會知道，你有甚麼事，看看我可不可以幫上？」

「立刻替我給他打電話！」

我說：「不可以，我不知他在哪裏開會，更何況我也不知道你是誰。」

他光火地離開，但事情還沒完。兩天後，老外署長對我說：

梧桐河上有多條橋樑相連香港與深圳兩地，圖中一農民挑着禾草過橋，在香港警察監視下慢慢走向深圳，身旁還有一頭牛。遠方可見荷槍的邊防人員。攝於 50 年代中期。

「再不能留你在沙頭角,因為我已經答應那位村長,不再讓他在沙頭角區碰上你!」此事給我啟示,如在某區駐守不理想,不須找理由求調,開罪鄉紳就可以了。

1951 年春天,我被調職到元朗警區,該區包括青山、流浮山、南生圍和八鄉。我被派駐流浮山警崗,指揮官是一名姓勞的華籍督察,其他成員是一警長、兩伍長和 12 警員。租用當地的大祠堂「裕和堂」作為部份辦事處和警官住所。其他同袍住在小山崗上的帳篷裏。警員用的槍械類型分「十三太保」(騎兵用的小步槍和手槍),長期配用。抽籤決定哪四位配手槍,其餘配小步槍。每兩個月調防一次(警官除外)。每週放假一天,其餘六天下班都要留守在流浮山警區範圍內,以防有突發事故發生。每天有三元津貼作補償。

當年沒有汽車路通流浮山,車停在廈村,再步行約 15 分鐘或騎自行車三分鐘,才可抵達流浮山。走的是畦畛小徑,兩旁是水稻田。當地原居民多以捕魚、養蠔為業。有小茶寮和小食店,遊客不多。鴉片煙格和賭檔各一,公開營業。警察眼開眼閉,有官到訪,才着其暫停營業,稱之為「洗太平地」。因為下班不能離開駐地,六天都要呆在流浮山,甚麼流浮落日、蠔田暮色、白鷗翱翔、漁舟唱晚等美景都看膩了。唯一的歡樂時光是在黃昏,到裕和堂(當地最大的蠔商),不用付錢便可挑選肥美的鮮蠔,攜往海邊的小食店,烹新茶,談天說地,享

用美味的白灼生蠔。

白天閒得發慌，常到鴉片煙格消磨時間，看道友們吞雲吐霧，鼻子享受着濃濃的燒煙香味，耳朵聽着輕輕的「滋滋」聲發自煙斗小孔，裏面的鴉片熟膏正在煙燈上漫煎。因為我們是當地警員，也是常客，很快就和煙格主持人和道友們打成一片，如果我們要抽鴉片，理所當然不用付錢。但是我們還算潔身自愛，出淤泥而不染。有些師兄們也接受免費香煙，而我呢，到現在還沒有抽上一根或一口香煙。和道友門閒聊、講故事、說笑話，都能察覺到他們有一定的睿智。一個道友吟了一首抽鴉片的打油詩，60 多年後的今天，我還記得上四句：

一、「挑燒聞笑撬」：形容抽鴉片開始的五個步驟。「挑」是用煙針在小瓦盅挑出煙膏，放在煙燈上慢焙，發出「滋滋」輕聲；一次一次慢慢的在煙斗邊上搓，邊搓邊放在鼻子上聞，其香撲鼻，因而臉露笑容；「撬」是把搓成小圓點的鴉片，俗稱「佛肚臍」，放進煙斗上的小孔裏。

二、「韓湘子吹簫」：是把煙槍竹竿上的煙嘴放在口裏吸，其姿態很像八仙之一的韓湘子吹奏洞簫。

三、「寒鶴尋蝦釣」：是形容煙鬼們癮起時沒有錢買鴉片，在煙床上的蓆子行間、罅隙裏，尋找其他煙鬼們遺漏下的點滴煙碎，積少成多而吞服。

四、「黃粱哭太廟」：是說癮發時沒有錢買煙抽，淚水、

口水、鼻涕一起湧出，很淒涼、極可憐。

在煙格的一段日子裏，我對煙鬼們的心態、特徵、煮鴉片的程序、用具、發出的氣味、煙槍和煙斗、生熟煙膏、煙泥、煙屎和煙燈都有研究，這對我日後掃蕩、緝拿、追尋鴉片案大有幫助。

第四章

上下其手戰爭財

1950 年 6 月，韓戰爆發，美軍在仁川港登陸；10 月，中國人民志願軍加入抗美援朝，戰爭正式開始，許多國家對中國大陸展開物資禁運。香港頓時成為走私要地。青山、龍鼓灘、元朗、流浮山、南生圍、落馬洲、馬草壟、上水和文錦渡一帶，都是私貨輸出口。走私物品包括有整輛汽車、輪胎、零件、西藥、通訊器材和汽油等軍需品。對於駐守邊區的警察、海關爺，發財的機會來了。一位警長帶着四名警員，在主要道路上設路障，碰到潮退時刻，貨車絡繹不絕，載上私貨的司機向警員眨眼，警員點頭會意，寫下車牌號碼，讓他離去，就完成一宗交易。下班後，每個警員就可以分到相等於他月薪的三至四倍黑錢。我們有不成文規矩，不願意提前交班，五分鐘也不可以，因為在五分鐘內，可能仍有財源滾進。

外勤的警員有錢拿，而內務當值的又怎麼辦？於是惹起炒風，價高者得。署長最受惠，因為他是編班人。我想，這些外快，是否受之無愧？走私物資從中國大陸溜出，經香港到韓國，支援朝鮮對抗美國，是愛國？是兩利？但比諸包煙庇賭，欺凌小販好得多。當時更出現一個怪現象：月底警員支薪，人數寥寥可數（當年銀行還沒有自動轉賬服務），署長要出告示飭令未領薪者，須在每月 7 日前在糧單上簽名。薪水可以不拿，但糧單一定要簽，因為署長要按時將糧單送

回庫房交代。有些年長、懂事的師兄們知道「好景不常」，機會難再，把錢儲蓄起來另作日後投資，而絕大部份的警員從沒作如是想法，錢來得易，去得也快。我也不例外，買金腕錶、51型派克墨水筆，衣履光鮮地逛舞廳，看電影一定付錢購昂貴的廂座票，找好的吃，往返新界一定打的；賭博也很刺激，與師兄們常到俱樂部玩，贏了可以再贏，輸光了，一點也不用痛惜，因為錢來得容易。

南生圍風景區是拍電影的好地方，泥路兩旁栽有小樹，傍水處有園林農莊。一望無際的魚塘、曠野，一邊是小河，河中有小艇，村夫撐竹筏渡河。小河的盡處是后海灣，對岸是深圳。朝陽、落日，一抹紅霞映襯着漁舟三兩，白鷗飛翔，海邊一帶全是蠔田，蠔民踩着滑板在泥濘上往來作業，沙灘上滿佈蠔殼，磷光閃耀，是畫家和攝影家取材的好去處。我有幸被派駐在南生圍警崗一個月，警崗是由一位警長指揮，六名警員組成，主要的職責是防偷渡、走私，維持附近村落及魚塘的治安。每週一天例假，其餘時間要留守崗位，下班也不能外出，每天有三元津貼（波士 post 糧），警崗設在魚塘邊的土墩上，進出小河的船艇，都自動搖近警崗，接受檢查。白天進出的船艇不多，經過三兩天的交往，互相認識，一般都免去檢查，漁民也很識趣，留下兩杓淡水在岸邊的水桶裏就離開，為甚麼要這樣？因為警崗沒有供水的設備，每

天早晚一次用小船運水來供我們使用；用水缺乏，要靠漁民的兩杓水來補充，這是否算貪污、受賄？

　早晚有廚師來警崗為我們做飯，菜餚是由我們自選和預訂，錢來得容易，捨得花費，我們的菜餚也就很豐盛。每天的糕點、水果、餅乾和小吃，享之不盡，就送給往來小艇上的孩童。南生圍盛產魚蝦，每週魚塘放水，基圍蝦隨水流進網裏，蹦蹦跳的載滿一大網；主人送來一小籮，將之白灼，鮮味無窮，美中不足的是警崗禁酒，有餚無酒，頗以為憾。我們與村民的關係融洽、和諧，共話桑麻。日常生活，同袍在帳幕裏下棋、打麻雀、聊天，我還是喜歡看書。

　一天下午，警長召開臨時會議，原來當夜潮退，將有若干艘小艇運載私貨出海，問誰願意在那時候值班，除應得的，更可獲額外派彩，每艇 30 元，但條件是如果不幸地有事故發生，當值者要負上全責，屆時他將會帶領其他警員離開警崗出巡，置身事外。時間過了很久，沒人敢擔起責任，我舉手說我願意。事情就此決定。我為何舉手？因為我猜透走私集團的營運，絕不會用大批私貨來陷害一名小小的警員。何況當年的警隊，是上下交相貪，不污就奇怪。晚上 11 點，警長在記事簿寫上帶隊出巡，其實他們並沒有離開警崗。在11 時 20 分，遠處傳來搖櫓聲（小河水淺，不能開摩托機），我拿望遠鏡數艇隊，一橫一豎寫「正」字來數算。警長問我，

有甚麼好看，我說，因為我有額外彩派，我要點數目。這次過程一切順利，諸事大吉。我常自比是三國曹操帳下的楊修。後來警長問我，一共過了多少船？我答，17。

南生圍的一個月，輕鬆度過，再次回到屏山警署上班，錢照拿、舞照跳、賭不停、書還唸，一切乏善足陳。每次回家探母，我都不敢戴金錶，只穿普通衣服，給她的生活費和零用錢比以前多了一些，騙她說是加了薪金，以免引起她的懷疑而替我日夜擔憂。慈母愛子之心自古皆然，令她不安，子不孝也。

某一下午，我在元朗大馬路警崗當值，每兩小時規定要離開警崗 30 分鐘，騎自行車到附近村落巡邏。天氣酷熱，榕蔭下有村民在下棋，我稍作休息，看他們下棋，有村民對我說，警崗有老外警官在等着。我看手錶，已經超過應返警崗的時間 20 分鐘，按常規，我要解釋遲返原因，甚至可能會遭紀律處分。但我不慌不忙，騎車返回警崗。在途中，我要想法解困，於是我故意造成意外，人與車一起衝下魚塘，制服、警槍與自行車俱濕。返回警崗，警官已離去，他在記事簿上用英文寫上要警員 XXXX 解釋逾時不返的原因。我隨即用中文寫上墮下魚塘的經過，並致電警署報案室派車及派警員接替，使我能回署換警槍和制服，繼續當值。此遲歸事就此了結。化解厄困，有種種不同詭計，總而言之，靠自己

是上上策。

農曆除夕前一天，拂曉時分，警隊大舉圍搜八鄉一帶的木屋區，作反罪案行動，我有參與。行動中，我守在一木屋窗側，突然一男子從窗中跳出，在田野狂奔，我在後追趕並拔出警槍，喝令停步，但他繼續狂奔並扔下一些物件；四野無人，我舉手槍欲發射，但一轉念，明天是除夕，還是留他一命過新年。我回頭檢回地上他扔下的東西，是英軍爆破用的信管。前人說身在衙門好修行，不知我是否屬於這一類。

數月後，有通告出，鼓勵員佐級（警員至警署警長）參加英語考試，分初級和高級兩組。我參加初級組，考的是單詞，例如：電話、卡車、摩托車、劇院，數目字如百、千、萬、億等，再說幾句簡單的應酬語，就算及格。獎金 150 元。考試及格，可以將肩章編號底的黑色絨布，換上紅色絨布（俗稱「紅膊頭」），表示略懂英語，以後按工作需要而另作安排。

可能是「紅膊頭」的關係，我被調職到新界衝鋒隊（Emergency Unit）當通訊員。每天坐在巡邏車司機旁的座位與電台聯繫。當年巡邏車座位設計是背靠背，兩旁沒有阻攔，好處是上下車快捷，弊處是坐在車後的警員很容易被拋出車外，引致受傷。一天，在日落黃昏，我們看到有一男一女在公路旁步行，看來像偷渡客。伍長命令他們上車，把車

開到僻靜的小徑作查問，證實是非法入境者。伍長命令他們把財物全部拿出來，再搜身，將縫在衣領內之金指環也搜出。整個過程，我看在眼裏，疼在心裏，很憤怒，但職位低，幫不上忙。我想，如我晚來香港兩年，被抓；早來兩年，抓人。伍長還算有點良知，給回他們車費，開車送他們到公共汽車站。分贓時候，我突發奇想，試試看可不可以彌補罪過：我提出，我是「紅膊頭」，應該分份半；司機也説他是技術員，也應該有份半；伍長説，如果這樣，他應該得到三份。其他的警員當然不同意，事情鬧翻，最後我的提議獲得大家同意——開車到元朗博愛醫院，把贓物款項全數投放濟貧箱。事情解決，心裏稍安。本是同根生，相煎何太急。

當年警隊還沒有飛虎隊或機動部隊編制。巡邏車要幹的是在第一時間到達罪案現場，解決問題。巡邏車的工作充滿緊張刺激，但也有輕鬆有趣、意想不到的一面。當年警隊還沒有談判組，更沒有「談判專家」這名詞，也不知心理輔導是甚麼。當年的警察，邊幹邊學。可能是規矩和限制少，警察可以靈活運用頭腦及使用酌情權去解決問題。人是活的，辦事要按情、理和法；如有了規矩限制，失去情和理，只僵板地依法辦事，社會的安寧和諧就會受到影響。

某一晚約 12 時，巡邏隊整裝待發，我接到落馬洲警署的老外署長命令，要我們的巡邏車接他出巡（當年新界警區

指揮官有訓令，容許每一警署的署長在需要的時候，可以召喚巡邏車出巡）。接到命令，我們把車開到落馬洲警署，因為我是「紅膊頭」，略懂英語，由我去接署長。我先到報案室，值日官告訴我，說署長在臥室等着。我到臥室敲門，署長說，進來；我把門推開，燈亮着，署長臥在床上，微有醉態。

我說：「署長請出更。」

他仍臥在床上，用粵語說：「你為甚麼不向我敬禮？」

我答：「長官，這是臥室，你臥着，制服不整齊，我可以不行禮。」

他光火了，用粵語說：「你好沙塵，我再次見到你的時候，你沒制服穿！（意為革職）」

我再問：「長官，你還要用我們的巡邏車嗎？」

他大聲喊：「滾！FXXX PC（警員，Police Constable 簡寫）!」「餘音裊裊」，令我暗笑。

此事更激發我的鬥志，誓要勤奮工作和進修，一定要晉升到和署長同階級。

時間過得很快，兩年後，我與這署長在天星小輪上偶然遇上，這位老外還認得我，對我說：「老弟，你好，在哪兒駐守？」

我說：「長官，你真行，兩年前，你曾經對我說過，再次見到我的時候，我沒制服穿！我現在是邵氏（即政治部，Special Branch）便衣探員。」

現在想來，他明顯已忘掉舊事，而我呢，還耿耿於懷，放不下，他的氣量比我大。又或他平時罵慣了下屬，他已把罵我的事忘掉。再過五年，我和他在油麻地警署大地（警署內停泊警車和全體集會的地方）再碰頭，他已經升職為總督察，是警署的署長。他右手掌背向下，勾動食指在召我，我用同樣的手勢回敬，他光火了。我說：「長官，我們現在同是警官級，雖然你的官階比我高一級，但我最不喜歡你剛才使用的手勢，這是召狗用的手勢。」我正想把我的警官委任證給他看，但他已急不及待離去。從此，我們再也沒有碰上。退休後，我讀古文，讀至〈顏斶說齊王〉中：「王曰：『斶前。』斶亦曰：『王前。』」與這一幕相彷彿。

新界衝鋒隊的大本營駐在粉嶺芬園總部（後改為警察機動部隊訓練營），管轄的範圍大，污照貪，工作亦要做。當年全港公務員也曾經提出加薪要求。我還記得有位立法局議員對傳媒公開講，警察的工資是「面一份、底一份」，所以無須為他們加薪。那議員所講的是事實，就算不講，人盡皆知。

芬園總部營房，常有聚賭，參與者都是警察，包括探員和巴基斯坦籍警員。我也是其中一員。一晚，深夜4時，幸運之神降臨在我身上，我贏盡了所有參與者的現款，還有金錶、項鏈，派克墨水筆插滿唐裝外衣兩個口袋。富貴了兩個小時，

到早上 6 時，我身上不名一文。經此一役，我領悟何謂「五蘊皆空」。我決心戒賭，重過自修學習生活。

1952 年，韓戰結束，貨運走私停頓，財源斷絕，我還是每天坐巡邏車值班。一天，看見一輛汽車從小路駛出大路，不遵守交通標誌停車。我下車請司機出示身份證和駕駛執照，他不瞧我一眼，像聾了耳朵。我再說一遍，他才拿出小銀包交給我，不瞧我，也不說話。我接過他的銀包，找出身份證和駕駛證，隨手把小銀包往後扔。他火了說：「你知不知道銀包裏的第一張是港督爺賞給我的獎狀？」我也不瞅他一眼。他再問：「你為甚麼把我的銀包丟掉？」我說，我要的是證件，其他的我以為你不要，所以代你扔掉。他要我去把小銀包撿回，我也聾了耳朵。還是警長年紀大、資歷深，以和為貴，他把銀包撿回，向他道歉，也不容許我發告票。此事卻還未了。

幾天後，我接到通知，調職九龍城警署。我猜是前幾天被我氣壞的那位財大氣粗的大爺投訴的結果。當年市民有口頭禪曰：「港島警察、九龍差人、新界老更。」意思是說，駐守香港島的警員有文化、有禮貌，是真警員；九龍次一等，是衙差；新界的更低一級，像前朝擊柝報曉的更夫。我僥倖只當了兩年更夫，便升為衙差。九龍城警區管轄的範圍很廣，包括紅磡、黃大仙、官塘（觀塘）、鯉魚門、調景嶺、九龍

寨城 （當年屬中國領土，三不管地帶 [1]），啟德機場更是受保護重點，因為有多架美國飛虎隊陳納德的飛機泊在停機坪，等候國際法庭仲裁。

---

1 1898 年，清政府與英國簽訂《展拓香港界址專條》租借新界，雖然九龍寨城屬中國領土，但英國仍派兵佔領並驅逐駐城官員。寨城淪為「三不管」地帶，即中國、英國和香港政府都不管，成為大量低下階層民眾居所，犯罪分子天堂，龍蛇混雜。1987 年，中英兩國達成清拆寨城的協議，並在 1995 年於原址建成了今日的九龍寨城公園。

第五章

破繭而出在九龍

第一天，我被派到九龍城街市當值。伍長是當年一起與我在新界駐守的師兄，下班後，他遞給我一張還帶有魚腥味的五元紙幣，説是外快。我百感交集，只好對他説：「沙展（Sergeant 警長，伍長也常稱沙展），我不習慣，請你以後不要再編我在市集當班。」他問我喜歡到哪區值勤？我説喜歡到九龍塘或加多利山。五元紙幣我還得收下，下班後請他去吃晚飯敍舊，所花超過五元。

　　九龍塘、加多利山是幽靜的豪宅區，百分之一百「沙漠」，無油水可撈，因此無人與我爭，很容易得償所願。在該區步行巡邏，街道整潔。早上鳥語花香，看着活潑天真的小孩上學；中午烈日當空，還可以漫步濃蔭。有時候，還有穿白衣黑褲，束辮的順德媽姐（女傭），樂意拿茶水在後門款待衙差。黃昏時分，遠處飄來琴音，襯着雀鳥歸巢啁啾歌唱，使人神往。晚上，雙雙對對的情侶在月下花前，卿卿我我。我常跌進夢幻迷惘中，突然惡犬撲出，吠聲驚破好夢，從此我對狗沒有絲毫好感，更討厭牠搖尾乞憐的扮相，只為了取悅於主人。我愛貓之夠酷，有個性。話得説回來，其實九龍塘和加多利山也是高危地帶，地僻人稀，巷陌縱橫，劫匪容易匿伏，伺機向途人下手，曾有搶奪警槍的案件發生。我自惕勵，每刻都要提高警覺，所以要做個稱職的衙差，也不容易。

　　四小時看守大門、橫閘或羈留所，是最沉悶的工作。但還

有同袍自願去爭取？原因是下班後，如須要外出，就要爭取這最悶的工作。為甚麼？當年的制度是兩班制，例如早上值班時間是 08:00-12:00 ，晚上再值班時間是 20:00-23:59。早班下班後，只可以外出四小時，下午 4 時就要回警署候命，稱之為更前值日。每天每更只限若干名額可以簽簿外出，名額滿了，再沒有機會簽名，只好呆在警署。為着能夠保證可以外出，就要爭取最悶的工作，因為接班快，可以立刻到報案室簽名外出。這不合理的制度，維持了一段很長時間才改為八小時一更的值班制。

深夜看守警署橫閘，萬籟俱寂，無聊看着手錶，十分鐘很像走了半世紀。仰望星河，不知身在何方。我在想，是時候應該認真作自我檢討：兩年過去，我到底得到些甚麼？再過兩年又如何，會得到些甚麼？在九龍城警署駐守的警員何止二百，怎樣才能破繭而出？要晉升伍長（當年還沒有警員晉升警官的制度），就須要有周詳計劃、步驟和決心。破繭行動實施的第一步，先要有綱領：

第一，採取阿諛奉承，拍馬屁，討好上司，永不說不？但這樣做，有違我的本性，很難受，不選。

第二，做一個循規蹈矩、有禮貌、慎言謹行的好好先生？這很好，但要樹立形象，需時太久，我沒耐性，放棄。

第三，正直正氣、不賣賬，這很符合我的個性，我決定選

擇這一條艱辛、冒險、難行之路。

要正直正氣、不賣賬，首要條件是必須「有料」。「料」是指對警員工作有認識，熟讀警例和懂得行使警權。要正心、修身、不受賄、不貪污、不徇私、不畏強權。仁者不憂、勇者不懼、智者不惑。

想通了就開始走這漫長的破繭路，最基本的要求是：準時上班；制服要整潔筆挺；儀容要整齊。短頭髮，符合警署內掛出的髮型標準照片；工作認真，有禮貌。我朝夕在等候伯樂的出現。某一天早上 7 時 45 分，在場地列隊接受更前訓令及檢閱。一位英籍警官（見習督察）來挑選警員，我有信心，他一定會選中我——因為我年輕、儀表出眾，加上略懂英語，屬同隊中的拔尖警員。結果我和另五位同袍，被叫出列。他領我們到會議室，室裏早有一位警長在等着。他用英語宣佈，我作翻譯：從今天開始，組成管理小販隊，他是領隊，警長是副領隊；主要任務是拘捕無牌小販及對阻街店舖發告票。我聽了心裏立刻打愣，這麼巧，我來香港之前，曾經在廣州幹過無牌小販。基於命令，不得不服從。第一天開始，抓了 50 多名無牌小販和檢走部份貨物作為呈堂證物。我是隊裏唯一的「紅膊頭」，留在警署替小販們登記姓名地址、辦保釋手續和準備文件送交法庭。大部份時間，我留在警署協助辦理文件，有時也要出動去抓小販。過了幾天，我看形勢有點不對，報案室的師爺，負

責把文件翻譯成英文，用打字機將資料填上表格。他有意拖慢時間，要我供應茶點。開始時，我視他為朋友，應酬他。後來他的要求越來越多，我知道是甚麼一回事。我把這事向隊長報告，如每天都供應他們茶點，到月底，我的薪金也不夠支付。我問隊長，可否替我找來一部打字機；他問我，用來幹嗎？我說，我可以打字、翻譯、用英文填表格，替代師爺的工作。

打字機弄來了，我在警署大地的一角，擺設一些簡單的枱椅，佈置為臨時辦事處。我問隊長可否借用報案室一位值日警員，代我用中文登記小販資料，而我就可以幹師爺的工作。一切如願，小販們被拉回警署，值日警員為每一個小販用中文登記資料，如姓名、性別、年齡、住址、日期、時間、地點、販賣何物等等。當警員登記完畢，我在旁也已經翻譯和打字完畢。我打字快速、指法標準，隊長很詫異。數天後引起同袍的注意，區指揮官 J. Gordon 也來看我工作。休班時，我對警長和隊員們表白，我絕不受賄。我更知道隊長和指揮官也不貪污、不受賄。我希望整隊都能潔身自愛。我這樣做，似乎太過份，但為了實行我的破繭計劃，勇於一試。兩三星期過去，我察覺到有奇異的目光和聽到一些閒言冷語，我不理會。幹大事就要勇往直前，我行我素。這三星期，我和隊長溝通大有進展。他問我的家庭背景、學歷，我先不作答，反問他的背景。他說，曾在英國海軍服役，升為軍曹，退役後，到香港加入警隊為見

習督察。我這才用簡單的英語問他:「知不知道廣州這城市?」他點頭。我再說:「電影院、劇院?」他又點頭。我再說,當廣州還沒有電影院的時候,我祖父家已經可以放電影了。其實我在信口雌黃,不再多說,怕露餡。從此,他對我刮目相看。我說謊,違背誠信,但為了要破繭,說一次又何妨。過幾天,抓着機會單獨和隊長閒聊,講述九龍城區內毒品的情況,九龍寨城內的鴉片、海洛英、紅丸、煙格、賭檔、脫衣舞、色情場所充斥着每一角落。每天被遺棄在公共廁所旁的煙鬼屍體,平均有兩至三具。在紅磡、觀塘、茶果嶺、鯉魚門等地也有很多賭檔和煙格。我問隊長,我們可不可以在抓了一定數目的小販後,再去掃蕩賭檔和毒品?他說,警署已經有一隊掃毒隊,處理毒品不屬於我們的工作範圍。我說,我們除了抓小販,還剩下很多時間,可協助掃毒隊拘捕毒販,同樣是服務市民,有利於社會,有何不妥?隊長答應加以考慮,但也要得到指揮官的批准才可以。

日復一日抓小販,我漸漸發覺小販們對我們開始有了好感和信任。抓人者和被抓者立場應該是對立的,但被抓者怎會對抓他的人產生好感?仔細思索,原因有四:

一、我隊抓人是輪着抓,不是死盯着對付幾十位,而是一星期到十天左右才再抓他們一次。

二、對長者和殘疾人士採取勸喻方式,盡可能少抓或不

抓。

三、盡量少拿貨物上法庭作為證據，避免申請充公，以減少他們的損失。

四、帶返警署，盡快替他們辦好保釋手續，讓他們趕回崗位繼續營業，帶孩子，接孩子放學。

這可能是我開了先河，警員替代了師爺的工作，不會故意拖慢時間，刁難他們。

這段日子發生了一段小插曲。有一位警長，是業餘武師，常率領弟子上台表演武術；他看上了我，問我願不願意跟他學中國功夫，胸口碎大石、咽喉頂纓槍？我可以立刻說不，但想給他留面子，只好說，給我三天時間，讓我認真考慮。其實我不是沒有勇氣學，而是如果我學成之後，今後只會躺在釘床上，胸口壓上大麻石，讓師兄們，一人一錘，獲取掌聲。扮演一個躺着被錘的人和做一個拿着紅酒杯看別人被錘的人，我當然選擇後者。三天後，我回警長話，我膽小，不敢學。30年後，這警長醫跌打的招牌還高懸在油麻地永星里。

回說希望參與掃毒的事，一星期過去，隊長宣佈獲指揮官批准，我隊也可以逮捕毒犯。兩星期下來，公餘式拘捕毒犯，我們的成績比掃毒隊更好。指揮官看到我們搜獲的鴉片煙槍、煙具是真的，可用作吸食用途。相反，掃毒隊所搜獲的大部份是道具——作為上報搜獲數字之用。指揮官心裏有數，宣

佈從翌日開始，小販隊轉為掃毒隊，而掃毒隊則改為小販隊！這改變立刻引起一股暗湧，觸動了某些人的脈搏，首先是偵緝主任、探長、副指揮官和署長，以及幾個負責聯絡和收賄的警務人員。繼而我隊的副隊長和兩名隊員也要求離隊，我明白，也同情他們的處境——迫於無奈，明哲保身，不敢和惡勢力對抗，才作出這樣的決定。我頓然成為眾矢之的，騎虎難下，逼上梁山。區內的警長更不願出替為副隊長，我便對隊長大膽自薦為副隊長，並提出條件：「如要維持及創出佳績，以後挑選更替隊員，由我個人負責。」這樣的條件可說是史無前例。隊長帶我去見指揮官申述理由。我想指揮官肯定知道原因，他只是在考驗我的智慧、膽識和能力。我用中文說，要幹出成績，一定要廉潔，無懼惡勢力，所以隊員的更替，不能由別人選，而我清楚每一位同袍的底蘊，我要選的是年輕、潔身自愛、單身、品德高潔和勇於承擔責任的警員。指揮官懂中文，他點頭，但提出除了隊長和我之外，其他隊員只能幹三個月就要替換，同時在隊裏要加插一名 CID 探員一起工作。我猜不透指揮官的奧妙，只能同意。兩年警齡的警員出任為掃毒隊副隊長，史無前例，同袍們冷嘲熱諷，在所難免，要破繭就要有膽識和付出。

開始掃毒幾天，一切還算順利，但以後的工作受到阻礙，往往在我們抵達毒格之前，毒販們早已偃旗息鼓，失去蹤影。

我首先懷疑是隊裏的 CID 弄鬼。基於主觀，我絕對相信當年警隊裏的 CID 是一大貪污集團，近朱者赤、近墨者黑，不埋堆的探員休想能在集團內立足。然而，在龐大的軍裝隊伍裏，還可以找到少數操守廉潔之士。隊長向指揮官報告，指揮官同意把探員剔除。以後隊裏的成員全都是由軍裝警員擔任。過不了幾天，每天的成績又是交白卷，我仔細思量和詢問其他隊員的看法。經詳細分析，原因是警例規定，上下班的警務人員，一定要到報案室的記事簿寫上當值日期和時間，然後到槍房領取佩槍和子彈（當年手銬是允許自購的）。在這情況下，一定是有內奸通風報信，毒販收到我們上班的消息，暫停營業。我把情況向隊長報告，他帶我去見指揮官，由我直接提出兩項要求：一、豁免我們上下班記錄的規條，使我們更自由去辦案；二、容許隊員 24 小時佩槍或不佩槍，而不佩槍可能受到襲擊。經隊長與指揮官商討後，次項長期佩槍可以接受，但首項「上下班的時間無須記錄」是違反警察通例，不能接受。我腦筋轉得快，立刻提議將工作時間記錄交隊長負責，由他寫在他的警察記事簿上作實，警察記事簿與報案室的記事簿同樣是官方文件，在特殊情形下，加上指揮官的批准，應該可以通融。指揮官大悅，問題得到解決。我們採取 24 小時自由行動制，無須在警署出發。比方說，上午 10 時 在某區 XXX 教堂前集合，打的到 XX 街 X 號展開迅速行動，有收穫就通知警署派車來接

應，無收穫就由隊長記錄在他的警察記事簿。一天可在不同的時間出動數次，可多可少，這樣一來，攻其無備，收穫甚豐。

我們出動數次最多的是九龍寨城，因為歷史條件限制，當年在寨城範圍內犯輕微小案，警察權力只可以將犯案者拘留在警署，長達 48 小時便要釋放，不留案底。犯殺人、強姦、大量運毒等嚴重案件，經律政司批示，也可以將案件送交法庭審理。 因為在寨城吸毒，即使被捕也不怕被送上法庭、罰款、坐牢、留案底。所以煙民趨之若鶩，加上貨真價廉，煙格規模之大，同時間可容百人。華燈初上，脫衣舞娘艷幟高張，賭檔當街招客，寨城已確實墮落為罪惡的溫床。根據我隊數字統計，每月拘捕煙民（吸鴉片、紅丸）、道友（注射海洛英，吸食白粉），為數約達 1,300 人。搜獲鴉片煙槍約 400 支、紅丸槍約 250 支，其他鴉片、紅丸、海洛英及煙具等亦為數不少。我對寨城裏的大街小巷、煙格、賭檔、架步等，了然於胸，每次出動，從不空手而回。我也明白，憑我們小小警力，縱使傾全力以赴，也不可能將毒品滅絕於寨城。我們不可能是救世主，但能於毒海拯回一溺者，也算功德無量。

當年我年少好逞勇，身手敏捷，每次行動，多從天降（從屋頂窗口進入），被稱之為「直升機」。在一次例行複檢行動中，各處出入口已被隊員包圍，隊長在門前等候着我的空降。我跳進屋裏，靜悄悄，只見一道友與道姑，赤條條地在玩性遊

戲，見我從天而降，嚇得呆若木雞；我告訴他們，我是警察，前來掃蕩毒品。我待他們穿上衣服，才去開門。隊長見我，即問：「為甚麼這麼久才開門？」他進了屋，這雙男女還在發抖。我用最直接、最簡單的英語説："They are making a man!（他們正在造人）"（當年我的英語水平低，不懂怎麼説「做愛」。）隊長笑了，撤隊離去。事後我想，如果開門時，隊長關懷地問：「你沒事嗎？」或説：「我真替你擔心！」這樣我會感到舒服。「你為甚麼這麼久才開門？」是帶點責備口吻，不關心下屬的安危。聽其言、知其行，此老外不可與之交心。50 多年後，我讀《論語·鄉黨篇》有一則曰：「廏焚。子退朝，曰：『傷人乎？』不問馬。」深有體會。

在一次警方清除內部涉嫌貪污分子行動中，我在警署目睹一批約八名警務人員被拘捕接受調查，他們表情沮喪，神情呆滯。這情況使我惕然而驚。當初我加入警隊，思想幼稚，以為只有警察拘捕別人，送他們進監牢，從未想過自己也會被送進牢房。前輩常説，從當警察的那一天起，一條腿已跨進監獄，信然。

經過一個多月掃毒工作，一天，與隊員們在茶樓午飯，鄰桌有人邀我過去談話，我不認識他而他説認識我，基於好奇，我給隊員暗打眼色。我過了枱，他直接對我説，只要我接受他提供的條件，其他隊員好辦事。我望着他，他繼續説，每天給

我個人 60 元作酬勞，希望我能接受。他還可提供其他毒品檔的資料，供我去掃蕩，更可以每週上演「大龍鳳」兩三次（製造假煙檔配上道具，僱用若干煙民做演員，供我拘捕來填充數字）。我搖頭。他伸出一根手指表示一百，我搖頭，再兩根，三根，我還是搖頭。返回隊友的桌子，繼續用膳。下午，我把午間所發生的事向指揮官報告，他聽後，說道："Well done!（做得好）"並鼓勵我繼續好好幹。一星期後，指揮官約我見面，他指着桌面上的一堆信件，命我拆開看，我抽看了幾封，內容都是指控我盜竊、貪污、非禮、毆打、「砌生豬肉」（製造冤案）……等等。我不再看下去，反問指揮官：「你相信嗎？」他笑着說：「如果我相信，還會把信給你看嗎？因為你幹的好，不接受金錢才惹起他們對你痛恨，想藉着投訴將你剷除，你務必再加把勁。」在那一刻，我眼前出現的是真伯樂！

第六章

屢建奇功搗毒窟

為了把工作幹得更出色，我想出一條妙計：每次有收穫，把煙民帶回警署，我請隊友逐一將煙民帶進我的辦公室，讓我單獨對他說：「我是掃毒隊隊長，你一定知道很多有關毒品、煙格的消息，你一定也有仇家。如你把消息告訴我，我保證在 48 小時內把它搗破，替你消氣；如果我辦不到，你可以對外說我貪污受賄，言而無信。我也不會洩漏你的身份，也不會給你酬勞。如果你不願意或沒有消息提供，可以立刻離開辦公室。」如此一來，信用慢慢建立起來，累積的消息越來越多，甚至有煙民告訴我，毒品的種類和數量，暗格在哪裏。隊長問我，須要領取線人費嗎？我說不用。後來可能是隊長告訴指揮官，指揮官來問我，用甚麼方法得到情報，我才說出我的計策，獲得嘉許。

　　某一天黃昏，我步出警署，看見一位不施脂粉、長髮垂肩的妙齡少女在警署外，癡癡地等，很面善，我想起曾經在寨城裏見過她數面。我對她點頭，問她在這兒幹嗎？她含羞地低聲說：「等你！」我腦海馬上閃出一個念頭，是毒品集團設的陷阱，范蠡獻西施？我對她說，我有急事要辦，改天再聊，速速離去。我自問，如果不在掃毒崗位，真會和她聊下去。現在破繭計劃正在進行中，漸露曙光，不能功敗垂成，遺憾終身。

　　我第一次受傷是在紅磡山谷山的木屋區掃蕩煙格。晚上月黑星稀，我嗅到鴉片氣味，摸黑逐屋慢慢搜索，要從木板的縫

隙窺看屋內，於是把頭趨近縫隙，突然鼻樑碰上尖針，鮮血噴射而出，我暈倒被送進醫院，經診治後無大礙便離開醫院。後來隊友告訴我，他事後檢查這木屋的每一縫隙，發現在適當的位置都有人釘上尖針，其目的明顯是用來對付警察。經一事，長一智，以後我因偵查而偷窺，必先行用手掌輕掃，才把臉慢慢貼近。後來，我在警校教學生，把這寶貴經驗告訴他們，免蹈我的覆轍。

在九龍城太子道一幢樓房裏，我們破獲一間私家煙格，煙民是一位年逾九旬的老翁，使用的吸煙用具，是我從來沒見過這麼精緻華美的。盛載整套吸煙用具的木盤，是貴重的紫檀木料，工匠精心雕刻而成。煙槍桿用的是老湘妃竹，前後孔洞鑲嵌象牙，煙斗是崖州斗。小剪刀和煙針是用純銀打造，煙燈罩用的是水晶，不是玻璃。石榴紅小觀音瓷瓶插上煙針，針柄鑲象牙雕飾上山水畫。盛載煙膏用的幾個小瓷盅也是石榴紅色，與觀音瓶配成一套。這些知識，全是年前我在流浮山駐守時，在煙檔閒聊時所聽聞，其時雖未得見，但印象深刻。後來老翁被送上法庭，他認罪，判罰款，整套煙具和搜獲的鴉片充公。這套精緻的古董煙具經過指揮官、副指揮官、署長們欣賞後不知所終，我想，或許有朝一日在倫敦大英博物館專題展出時可能重見吧。

除了寨城，我們的足印還遍及九龍城、黃大仙、鯉魚門、

茶果嶺、官塘（觀塘）、鑽石山、牛頭角、紅磡等地。調景嶺（舊稱吊頸嶺）是當年國民黨官兵和眷屬逃離大陸時，在香港聚居的地方，自給自足，有自己的學校；地處偏僻山野，最便捷的交通路線是從港島筲箕灣乘小輪前往。沒有警察在該區巡邏。治安靠情報，如有不法活動，我們仍要前往執法。緝獲毒品（九龍寨城除外），毒販要解上南九龍法庭審訊，我們是法庭常客，與法庭員工頗稔熟。有一次，在牛頭角地區破獲一鴉片煙檔，拘捕了六個煙民，其中一個叫江伯，他是南九龍法庭的老信差，還差幾天就退休；他懇求隊長放他一馬，但隊長鐵面無私，把他們全部帶回警署落案。在辦公室裏，我替江伯向隊長求情，理由是江伯即將退休，如果吸毒罪成，留有案底，將不獲發放退休金。隊長說，他一生從來不賣賬，叫我不要破壞他對自己的承諾。我說：「真的從不賣賬？連你的父母兄弟也不賣賬？」他無言以對。最後，他說：「Mr. Ip（我沒有英文名，一般老外都用英語稱我葉先生），只此一次，下不為例。」就這樣，江伯逃過一劫。

當年社會上有流行的傳聞，說某名伶持有香港政府特許執照吸食鴉片煙。我不相信，如果他真的有執照，他吸的鴉片煙土是否也由政府供應？於是我瞞着隊長，帶了隊友，到土瓜灣北帝街南洋片場找這位名伶求證。抵達片場，我吩咐隊友在外等候，我憑嗅覺，鴉片氣味從女化妝間滲出，我直接進去。室

內有室，充滿濃烈的燒煙土味。進去後，見他臥在床上，煙燈在燃燒，左右方各擱上一支鴉片煙槍，一支紅丸（海洛英）槍，還有兩個男侍在旁侍候。我出示警察委任證，表明身份和道明來意。他搶先說：「這煙槍是某甲探長送的，這紅丸槍是某乙探長送的！」我打斷他的話，說：「我今天只是來求證，閣下是否持有香港政府特許執照吸鴉片煙？」他露出無奈的笑容，說：「小弟在社會上薄有名氣，樹大招風，我是沒有執照和特權的。」我聽後說，打擾啦，就撤離。他吩咐左右要請我隊去夜宵，我不領情。出門會合隊友，把經過告訴他們，蒙隊友信任，我沒有收過他的紅封包。

一個早上在紅磡區，我們破獲一煙檔，拘捕兩人，搜獲一支鴉片煙槍，在煙槍的竹管上，刻有中文七言對聯「雙枕共談天下事，一竹吹散古今愁」，書法、雕刻俱工。帶兩人回警署落案，將證物煙槍、煙具交專責保管證物的警員，送往政府化驗所化驗。收毒品的警員在我們面前把煙槍及煙斗上的小孔封上火漆及蓋印，紮上標籤，一切辦妥，應該是萬無一失。下午，我們再去同一地方，煙格已恢復營業，我們再拘捕了兩人，再搜獲一支似曾相識的煙槍，竹管上同樣刻上這副七言對聯；我將煙槍交隊長看，隊長也覺得奇怪。返回紅磡警署，隊長命收毒警員交出早上給他的煙槍，編號 MRBxxxx（雜項簿登記號碼）作檢驗。煙槍仍是煙槍，但七言對聯已消失。這是甚麼

一回事？不說也罷。當年貪污腐敗，見微知著。隊長要把該警員落案控告盜竊及藏有鴉片煙槍，我對他說，你要考慮是否有足夠證據支持控罪？同時如果我們揭發此事，將收取證物的警員繩之於法，會惹起一連串繁雜的偵查手續。現在只有我知你知，很難找到更多證人。更何況會開罪紅磡警署的署長。如果把警員送上法庭，案件曝光，我們的指揮官會否高興？他將會負上管理不善的指責。經深思熟慮後，隊長決定不再追究。我提議隊長以後在搜獲的煙槍上簽字，避免再被掉包，但簽字也可能被冒簽。 錢，真的是這麼吸引？

經驗是從教訓得來，以後我隊在寨城搜獲的煙槍、煙土、海洛英等毒品，因為無須送交化驗，我暗裏把一兩滴火水滴進煙槍和煙斗的小孔裏，從此這煙槍永不能再作吸食用途，因為煙管和煙斗裏會永久留下火水的氣味。其他毒品，我也暗裏加上適量火水。但在寨城外搜獲的煙具等證物，因要送交化驗，我不能干擾證物，但經法庭判案後，過了上訴期，我也會將火水暗中加在鴉片用具上。這知識是我當年在流浮山流連煙格時學到的，有一次偶然翻倒火水燈，煙格主人告訴我鴉片最忌滲入火水，它的氣味將永久留存在煙土裏。

等儲存到一定數量的煙槍、煙具，署長安排收毒品證物的警員和警署雜工（Station Coolie）把煙具、煙槍放在空曠場地上，確定數量後，淋上汽油焚毀。但在整個過程中，也會

出現問題，有些害群之馬，趁署長不留意或短暫離開（可能是有意的離開），雜工們很快把部份煙槍收起來，再高價賣給煙檔。自從經過我的火水策略，斷了他們的財路，他們對我恨之入骨。

販毒分子，非等閒之輩，他們收藏煙具的方法，煞費思量，一般是藏在窗台、花盆、花瓶、枕頭、堦磚、地板、廚房、衣櫃、廁所的地磚……在搜索行動中，我喜歡看守疑犯，讓隊長隊員分頭去搜，經過一段長時間，筋疲力倦，一無所獲，隊長下令收隊。這時我才說，你們稍作休息，讓我再搜。在一次搜毒行動中，遇到同樣情形，隊長和隊員已表示放棄，而我堅持不能輕易放棄，結果不到一分鐘，我在衣架上掛着的雨傘裹搜出 40 多小包的白粉（海洛英）。事後，隊長問我：「你怎麼知道白粉藏在雨傘裹？」我說：「是屋主的眼睛告訴我，當隊員搜到衣架附近，屋主露出緊張的神態，眼睛望着雨傘。我就斷定傘內定有乾坤。」隊長個性多疑，一次行動完畢，離開現場時，他突然把手按在我大腿腫脹的褲袋上，問我這是甚麼？我笑着從褲袋裹拿出給他看，是毛巾裹着兩枚手電用的乾電池。經過這一次，我告誡各隊員，每次辦案完畢，在警署交齊所有的證物，在離開警署前，要確保再沒有任何證物放在身上。一旦被上級發現，百詞莫辯，更會惹上麻煩。

有一次，我們搗破寨城內一所海洛英包裝中心。一所普

通的住宅，面積約 300 呎。按鈴，男戶主開門，女戶主在客廳看着兩個小孩坐在書桌旁做功課，氣氛祥和寧靜。我們表達身份和來意，男的表示歡迎，但請求我們不要打擾小孩。隊友們開始有秩序、仔細的搜查，包括小孩的書包、書桌的抽屜、臥室、廚房、浴室和廁所…… 只能搜出釘書機、剪刀、小量已被裁剪成小方形的蠟紙，這只可以構成包裝海洛英的表面證據，仍不能將之入罪。隊長向戶主提出幾條問題，經我翻譯，找不出破綻。我肯定線報不會有錯，鍥而不捨是我的性格。當年警隊沒有警犬，更沒有緝毒犬。靈機一動，給我看出破綻，小孩做功課的桌子，桌面比一般的要厚些，加上我們入屋時，戶主曾說希望我們不要打擾小孩。我走近書桌，用手指輕敲桌面，發出中空的聲音；我再把抽屜拿出，稍用力敲桌面底板，有硬物跳動的聲音，開手電找到開啟桌面的暗鍵，一按之下，桌面升起，見有白色粉末（海洛英）、有銀幣壓着小方形蠟紙、小茶匙、釘書機。戶主無話可說，隊友通知警署派警車來把戶主、書桌和有關證物帶返警署。30 年後，我學篆刻，刻了一方石章，「小處不得隨便」，取自大書法家于右任先生之軼事，在一書中讀到，原文是「不得隨處小便」。

　　一次，在九龍城嘉林邊道大宅進行搜毒行動，大宅樓高二層，隊友們分頭搜索，我與屋主獨處一室，在室內窗台下的暗格裏，我找到兩支質量很好的鴉片煙槍、一隻勞力士金腕錶

在煙槍旁。屋主笑着問我：「長官，你喜歡哪一樣？」看了他一眼，我説：「三樣我都喜歡。」他還不會意，我接着用手指指向他、煙槍和金腕錶。這時候，隊長進來，我將經過向他報告，他點頭。等所有隊員齊集，我們把屋主連同煙槍、金勞帶返警署。屋主被控藏有煙槍可供吸食鴉片用途。在法庭上，被告認罪，官判罰款五百大元，基於初犯，不須坐牢但要留案底。勞力士腕錶與控罪無關，歸還被告。法官再問主控官：「為甚麼不加控被告賄賂警員罪？如行賄罪成，我會判被告坐牢及將腕錶充公。」回警署後，我把經過報告隊長，隊長承認，經驗不足，一時疏忽，未有考慮檢控被告行賄罪。事後，我將案情經過和隊友們分析：一、這是不是一個陷阱？二、為甚麼煙槍和金勞放在一起？三、如果當時真是拿了腕錶，當然要留下煙槍，怎樣拿？藏在哪裏？用甚麼方法把腕錶脫手？我幾乎肯定這是陷阱。煙槍和腕錶放在一起是引誘警員，當警員拿了腕錶，一定要放過屋主及煙槍。警員離開時，屋主立即使人把煙槍弄走，然後，屋主追出向隊長報案，説遺失金勞一隻，並指出可疑的警員可能是我。隊長一定立刻將我和其他警員搜身，如人贓並獲，警員前途盡毀。如當場搜不到腕錶，隊長一定帶同屋主回警署報案，交 CID 接手調查。我隊是 CID 眼中之釘，豈能輕易放過。就算拿到了腕錶，脫手容易嗎？一定有若干線索留下供破案。俗語説，貪得無厭，必有禍患，心安即樂土。

鯉魚門村設有煙格，號稱「鐵竇」。當年交通不便，坐舢舨或小輪從茶果嶺出發較為方便，也可攀山走小徑，但沿途廣佈線眼（俗稱「天文台」），發覺有可疑人進入，迅速通風報信，煙格立即暫停營業。假日我和另一隊友，先知會隊長，帶同女友和相機（當年掃毒隊還沒有女警加入），喬裝遊客，到鯉魚門實地勘察，找尋煙格的位置。待下次假日，再多增一名外籍督察和數名警員，全穿上泳衣，用浴巾包裹手銬，租小輪船向鯉魚門出發。航程中，我拿出所繪的地圖，清楚解釋煙格所在地，兵分兩路，由我和那天參與了實地勘察的隊友分別帶領。船上扯上旗幟「聖路易旅行團」。抵達目的地後，先不靠岸，戲水游泳，玩了一陣子，船慢慢靠岸，買冰淇淋、汽水，邊走邊嚐。差不多到目的地才加快步伐，瞬間闖進煙格，道友們如夢初醒，被一網打盡。統計兩隊共拘捕煙民 30 多人，煙格主持人兩名，煙槍 12 支和其他吸食工具。由於人數過多，輪船不能超載，隊長派一名隊員乘輪船回茶果嶺，安排警車在公路等候，我們押解着犯人走小路。回到警署，給煙民打指模、辦保釋、交證物等手續完成後，已時近黃昏。

　　幾天後的一個晚上，我隊穿上夜行衣服，銜枚疾走，沿後山小徑迅速衝往鯉魚門，再次進入其中一煙檔，破門，拘捕主持人和五名道友，搜獲兩支煙槍，帶返警署落案起訴。回程時，我忽發奇想，罪犯是警察的米飯班主，如果沒有人犯罪，警察

將會被裁員，而我們日以繼夜、悉力以赴去拘捕罪犯，終有一天，鳥盡弓藏，因而自己打破自己飯碗。憶起年前看了一齣英國電影，開場時，畫面出現倫敦警察集體上街遊行，高舉橫額，高呼要求歹徒復活，這不是與我剛才所想，不謀而合嗎？

三個月很快過去，掃毒隊隊員是時候換班，我感謝隊友們給我的支持和信任，合作愉快，其間沒有不如意事情發生。工作之餘，我們還一起游泳、品茶、看戲、逛街，他們更推薦知心的警員給我組成新的隊伍，再創佳績。通過隊長遞交新名單給指揮官，這是越級行為，惹起署長和副指揮官不滿。但我找不到更好的途徑，惟有見機行事。新隊員名單還未公佈，而我被調職為報案室值日警員的更紙（duty list）已貼出。我不甘被壓，撕下更紙直闖指揮官辦公室詢問原因。他說，他不知道有這事發生，今後，沒有他的命令，不會將我調離掃毒隊。但是單憑指揮官個人支持，終非長久之計。一旦他調職或放長假或升職，失去保護傘，我將如何面對？深思之下，無法解困，惟有見步行步。

新的隊伍組成，隊長訓話，我作翻譯，內容不外是不貪污、不受賄、誠實執行職務、注意佩槍安全、上下班不要喝酒鬧事等門面話。茶果嶺也有煙檔，經我隊數次掃蕩，煙檔主持、煙民與天文台都認識我們，見到我們的背影，就立刻報信。我要新隊員先立首功，利用他們的陌生面孔，按圖到茶果嶺把煙

檔搗破。他們先出發，我與隊長隨後而至。結果一個不漏，滿載而歸。

鑽石山木屋區的煙檔，四野遍佈放哨人。當放哨人發現我們，按動機關，兩三分鐘後，已人去檔空，煙燈還是暖的。當年沒有手機，電話也少有。我百思不得其解，其後我們在現場發現有電鈴，電線延伸到大路口的溝渠裏，接着找到暗鍵在放哨人身旁座椅，才將謎團打破。最後，我們把電線一段段剪斷，拆掉電鈴，收隊。

翌日上午 10 時，鑽石山市集最繁忙的時刻，我將繪就的簡略地圖給新隊員，吩咐他們喬裝漫步，按圖索驥找到煙格，進行掃蕩，我與隊長隨後乘警車來接應。一如所料，搗破煙格，將一干人等帶返警署。有一次，我更利用嘉頓麵包公司的運輸車輛作掩護，直駛近煙檔處，迅速行動，也有所獲。

日復一日，幹着掃蕩毒品的工作，雖然收穫甚豐，但已日漸失去刺激和新鮮感。煙檔掃之不盡、煙民拘之不完。政府當局為甚麼不從堵截煙土進口着手，使煙民無毒品可吸食？香港是小島，不可能種植、生產鴉片。為甚麼不從教育着手使吸毒者認識鴉片與海洛英的禍害，自動遠離毒品？一個小小警員可以想到的問題，為甚麼港督、布政司及一群自認有智慧的高官想不到？答案當然很簡單——貪污。貪污存在，警隊才可以存在，大貪者榮華富貴，小貪者豐衣足食，其他蟻民，管他作甚，

野草燒不盡，春風吹又生。

　　1952 年冬天，指揮官約見，給我看了隊長對我的工作評語，署長和副指揮官加簽。評語是肯定我的工作能力，有領導才，與同袍相處融洽，但帶點傲氣…… 我表示滿意。 指揮官誠懇地對我說：「警務處長一哥，下月到本區作每年的例行視察，如果他問我有關你的事，如：一、為甚麼一個只有兩年警齡的警員，可以替代伍長、警長，出任掃毒隊的副隊長？所有區裏的伍長、警長為甚麼不能出任副隊長？二、其他隊員每三個月調職一次，為甚麼這年輕的警員可以長期留在隊裏？我不能也不好說出實情，說你是本區最能幹，最可靠的警員。如果一哥再問，在本警區近 200 名警員中，可沒有一個比他更好，更可靠的警員嗎？我更不好作答。」在這情況下，指揮官問我，如離開掃毒隊崗位，想幹甚麼警務工作？我說我想升職為伍長。他說升級是要經過評核和面試，要等一段時間。接着說，推薦我去 CID 當探員。我笑了笑說：「長官，那不是送我去死嗎？」他會意，想了想：「好吧，推薦你去 SB (Special Branch, 政治部)，在 SB，我的好友警司 Mr. White 可作為你的保護傘；之後，一個月內，一哥視察完畢，如果你不習慣 SB 環境，可調回九龍城警署。」

第七章

政治部實錄之一

1952 年某天早上，在尖沙咀乘天星小輪往中環，步行到干諾道中東方行，政治部設在頂樓。謁見威警司（Mr. White），他領我去見我的上司李洛夫督察。李督察介紹我認識譚警長和其他五位組員，他們態度冷淡。我猜 SB 和 CID 也可能有聯繫。過了三星期，我仍受到組員和其他探員的排斥。我回到九龍城警署見指揮官，說明原因，他立刻搖電話給 Mr. White，談了一回。指揮官對我說：「很抱歉，這次幫不上了，因為威警司很喜歡你，不讓你離開 SB。」在這情況下，我猜是 CID 的勢力或財力影響了威警司，用「黃道人收妖」之策，永遠將我留在 SB，免我在外「搞破壞」。很無奈，只好告別指揮官。我的破繭行動只是成功了一半，另一半仍要靠自己。

既然沒有機會脫離 SB（當年我們稱之為「邵氏」，因為與 Shaw Brothers 是同樣的簡稱），惟有隨遇而安。我被編入文化組，專責調查左派學校、書店、出版社、報紙雜誌、戲劇和電影等範疇，簡單說，類似特務工作。我相信天無絕人之路，破繭行動是要變為蝴蝶，不是間諜，因此我把破繭行動改為「變蝶」行動。開展第一步，必須和各組員和邵氏兄弟們搞好關係，投其所好。當年邵氏總部設於中環東方行最高層（後拆卸改建為富麗華酒店）。大廈地牢為後備警察俱樂部。每天早上 9 時上班，聽完早課或工作分配，除值日探員外，均可以自由離開去查案，下午搖電話向所屬單位報告，一天的工作就

告完畢。每週可以領取實報實銷的交際費。我初來邵氏，工作輕鬆而無頭緒，早課後，常到東方行地牢的後備警察俱樂部用餐，跟兄弟們學玩英式桌球、下棋或聊天。午餐後各自散去。當年警隊同袍不敢公然看左報，更不敢踏足左派書店半步，免惹麻煩。我得天獨厚，奉旨看左報。逛書店是我唯一的消遣。我買的第一本書《宋慈洗冤錄》是在青年書店買的。

如此日復一日，我和邵氏兄弟們漸漸混為一體，經常結伴逛舞廳、歌壇、桌球室、麻雀館等娛樂場所；因為我們穿便衣、佩槍，場主以為我們是 CID，免費煙酒不用說，消費更特別優惠。舞小姐投懷送抱，想藉 CID 之威名，免遭黑幫欺壓。當年港九新界賭檔、字花檔林立，各註冊社團藉「只招待會員」名義開「Dumbola」（變相用數字球開賭），檔口如雨後春筍，只要稍動腦筋，很容易弄到足夠金錢供我們一天的消費。在一次行動指令後，警長要我們在凌晨 4 時齊集寫字樓，當年渡海小輪午夜後停航，我天真幼稚的問了一句：「今晚我在哪兒睡覺？」譚警長笑答：「男人有條棍，唔憂無地瞓！」我頓然大徹大悟，此非禪宗當頭棒喝之偈語乎？從此，思想大躍進。不再提問幼稚無聊的問題。

兩個月後，我的英式桌球技藝大進，兄弟們感到驚奇，問道於我，我說別無他途，除實踐外，更要看書本。對於球桌的長度和寬度，周邊 cushion（防撞墊）的彈性，新舊球桌各有

不同，絨布新舊和絨紋方向順逆也不能忽視。要認識球棍的重量、握棍的力度、打球的方法、站姿、擊球落點、球在滾行中旋轉方向與速度等。更重要是，不要把比賽的勝負放在心上，盡情享受比賽過程。這些言論未必能令他們接受，但已使他們對我另眼相看，認為我是一位坦誠、有思考、求知慾強、易於相處的好同袍。

　　警隊的象棋王是邵氏日本組的何警長。在休息室的大房裏，每天都有值日同袍在下棋看報，消磨時間。棋王看上我，要將他的絕活傳授給我。我考慮幾天後，坦誠的對棋王說，我暫時不想分神學棋藝，我要上進，要專注學英文。棋王很欣賞我的志向，既然有此緣份，他用兩小時給我上一課，詳細分析箇中奧妙，每顆棋子的功能，應走的位置。何謂開局、中變、殘局，棄子爭三先的佈局法等等。上了一課，我的棋藝已經跨進一大步。我與同儕搞和諧也跨上了一大步。但我並沒有繼續進修棋藝，我覺得能下一手好棋並不表示能運籌帷幄，指揮三軍。每天有空，我都在休息室和同袍下棋，賭注是咖啡、檸檬茶、三文治……輸多贏少——搞和諧要有犧牲，要付出，包括時間與金錢。每當棋王坐在我身旁或背後，我總是贏多輸少。這不是信心問題，而是在生死存亡關鍵，棋王輕輕在我背上寫字，如炮二平五、馬八進七，逢凶化吉，反敗為勝。不知者稱我為「神經刀」。

1960年代，穿便服的
葉愷（右）與同袍於
警隊吉普車前合照。

1960年代，葉愷（後右二）與政治部文化組、社團組同事於宴會上合照。
在座的有偵緝總督察李洛夫（後右四），曾在六、七十年代屢破奇案。

好景不常，1954 年，邵氏大本營搬進灣仔新建的警察總部。東方行隨後拆卸。失去了俱樂部，少了地方打桌球和用早餐。適應環境，是人的本性，我仍隸屬文化組，上級換上陳督察。為方便工作，邵氏租用位於皇后大道東的泰雲酒店，面對軍器廠街，距離警察總部步行約三分鐘之遙。我離開九龍城警署的時候，沒有地方寄居，蒙指揮官批准，仍可以暫時掛單於警署營房。一個單身青年帥哥便衣探員，居然不會被人看中，將他收養？這不是笑話，是我的態度高傲而已。邵氏兄弟也不相信這是真的，只是我行我素，不願意出賣自己。我曾經認識一位舞小姐，經過數次輕歌曼舞，她透過一位邵氏兄弟約我喝茶見面。她要送禮物給我，包括汽車、摩托車、絨大衣、金腕錶，但我一一搖頭，最後說，我剛住進酒店，只欠一雙拖鞋（廣東話「拖鞋飯」的意思是「吃軟飯」）。她臉色一沉，我忙陪不是，頻說笑話讓她情緒得以平復。到上班的時候，我打的送她回舞廳，她付了的車費，還簽了舞廳的賬單，才讓我離開，而當時我的錢包只有十三塊半，剛夠打的錢。女人，特別是美麗的女人，千萬不可以開罪。

　　泰雲酒店是一幢老建築物。灣仔一帶更是著名紅燈區，英美水兵常來香港度假，他們找到女伴，一雙一對，不分晝夜上酒店開房。經上級批准，我長住泰雲酒店，和服務員稔熟，每有精彩的「性」上演，總有縫隙可以偷窺。看膩了，不想再看。

上級得到消息，問我是不是真的可以偷窺，我説是。週日下午，三位警官約我在酒店候着。結果，他們很滿意。翌日，其中一位警官好奇問我，在這骯髒的環境，你還可以專心看書？我説，多見不怪，心無雜念，自然可以讀書。

新上級陳督察給我每天早上的工作，替他清理一般日常簡單的文件，看指定的幾份日報。看報是職責，又可吸收知識，是件好差事。我偶然也看《英文虎報》、《南華早報》，學習英語。我組新加入一位女探員，我們稱她「薀女」（香港警察第二批畢業女警員 12 位中之最後一位），文靜和藹，迅即惹起男同袍們的注意，很快就出現兩位追求者。警長也察覺到，每當分配工作，如跟蹤、監視、喬裝守候，多派她和我配成情侶，免受其他因素影響工作，誤了大事。她常溫言勸我，立身處世，不宜鋒芒太露，應多加收斂，滿招損，謙受益。年輕的我，分析論事，往往侃侃而談，她常受不了而悄悄離開。某一天，天剛破曉，邵氏兄弟來電話把我吵醒，説他們在麻雀館輸光了，欠債不能離開，需錢救急。我説，我哪兒來錢？他們説，去找薀女，因我言而有信，她一定肯借錢給我。兄弟有麻煩不能擱下不管，硬着頭皮，乘電車到中環薀女家；按鈴，她睡眼惺忪把門打開，我道明來意，她説沒有現金在家，卻二話不説，立刻雙手卸下金項鏈連玉墜給我拿去典當。我謝了。乘電車到灣仔春園街麻雀館給兄弟解困。三天後，項鏈和玉墜歸還主人。

當年葛柏警司（20 餘年後被廉政公署檢控貪污被判罪的警隊總警司）也駐守邵氏，負責總務及訓練。我上了他一天的課，給我的印象是：粗眉大眼、聲音響亮、口若懸河，但內容膚淺。他簡介邵氏的工作、調查技巧，例如誘人說話，先投其所好，見人說人話，見鬼講鬼話，不可以寫日記，不能作紀錄，事事銘記於心，嚴守秘密……講者自講，而聽者未聽。

邵氏的任務，常出動去搗破「諜網」，拘捕可疑人。我職位低，不可能得知情報來源。當年在香港的國民黨和共產黨的情報人員，鬥爭激烈，我猜是左的向邵氏提供消息，右的向邵氏供給情報，借邵氏有執法權力，將對方趕盡殺絕。諜網搗破後，經過縝密搜查，然後留下兩名兄弟在現場留守，等候漏網之魚，自投羅網。在漫長的留守時間，我習慣將屋內物件東翻西倒，即使找到一冊書、一本詞典，我也喜出望外，可惜所獲不多。

為了工作方便，我輕易取得了駕駛執照。當年運輸處、移民局還未成立，警務處統籌其責，但想取得方便，非財不行。警權之大，非親眼目睹，難以置信。回憶年前，我仍在九龍城警署駐守，眼見有市民到警署報案室向值日警官投訴被警察毆打，值日官吩咐警員把報案人帶進報案室，站在他面前，右一拳，左一掌，向報案人身上擊去，問警察是不是這樣打？被打的頓悟，忙說：「長官，警察沒有打我。」值日官說，既然沒

有被打，命警員把報案人送走，事亦了結。前人常説，生不入官門，死不進地獄，想不到在 50 年代，這等事竟然還可以在英國殖民地的香港發生。

一天上班，我在巴士站候車，上車時乘客不守秩序，爭先恐後，當年市民還沒有排隊的意識，插隊視為平常。上車後，我發覺插在襯衣袋上的 51 金銀配墨水筆不見了。我想一定是在上車的時候，把注意力集中在佩槍和錢包上，因而忽略了口袋。筆已失，我決意要抓十個「扒手」來作補償。以後在巴士車廂裏，我暗裏專注監視可疑人物。幾天後，在佐敦道巴士站，坐在車廂裏看見有三人上車，他們分散站立，目光在尋找獵物，我微閉着眼睛佯睡，監視他們的行動。在我前兩排路旁的座位上有一位穿西服的中年漢子，在打瞌睡，一名扒手向他下手，其他作掩護，一瞬間，財物到手。我搶先暗裏通知巴士售票員和司機説我是 CID，車廂裏發生盜竊案，請他們協助飛越一站將車駛至佐敦道總站，請售票員先不要把閘門打開，我回到三個扒手前説，我是 CID，我懷疑剛才你們扒去那位先生的財物，我拿出手銬，先扣上兩個，我問穿西服的漢子，你可有失去東西？他摸了摸口袋説沒有。我感到奇怪，我先搜下手偷竊的扒手，在他的口袋裏，掏出一個信封套，穿西服的漢子立刻説，我的信封套怎麼會落在他的身上？證據確鑿，在軍裝警員協助下將三名扒手和證人帶返油麻地警署落案。我抓了三

名，還欠七名。翌日，我搖電話回寫字樓向警長報告昨天的事，今天我要出席法庭。結果三扒手認罪，被判刑。下午回到寫字樓，警長對我説，你在邵氏，不是 CID，不要隨便表露身份，我會意。到現在，我還摸不清以後我應不應該再多管閒事。

有一次，國寶級的京劇團來香港作盛大演出，演員有張君秋、馬連良、裘盛戎等名角，邵氏文化組負起全天候保安工作。從所居酒店到舞台，貼身跟隨；未得團長許可，謝絕傳媒採訪。我有幸參與保安工作，可惜年輕，一向對京劇毫無認識，不懂欣賞。初看時有憊憊欲睡的感覺，再多看兩場，感覺便不同，對演出者的唱、做、唸、打，開始感興趣。每場演出，座無虛席，向隅者眾，我想京劇一定有它的藝術價值。白天休息，逛書店找京劇叢書，回酒店惡補。晚上聽戲，白天看書，過了十數天，大大提高了我對京劇的欣賞能力，成了戲迷。經個多月演出，劇團回京，我們護送至羅湖關口，互道後會有期。要能欣賞一門藝術，首先要有興趣，興趣發生於「知」。 真知不是道聽途説，而是要用時間去潛心鑽研，含道應物，澄懷味象是也。

1953 年聖誕夜，我們在筲箕灣同袍家歡度佳節，通宵達旦打麻雀。翌日早上扭開收音機，才知道深水埗石硤尾木屋區發生大火 [2]，災區遼闊，災民數萬。邵氏兄弟全數出動，協助

---

2 1953 年 12 月 25 日聖誕節，石硤尾木屋區發生嚴重火災，受災面積達 16.6 萬平方米（約等於 17 個香港大球場草地），造成 3 死 51 傷，50,000 多名災民無家可歸。為安置災民，香港政府在災場原址興建 29 棟 7 層高 H 型徙置大廈，即後來的石硤尾邨，並因此而開展了公屋政策，改寫香港歷史。

維持治安，登記災民，分派禦寒衣物、糧食等。上級要我們注意各社團、工會是否有參與非法活動，如慫恿災民加入工會，張貼煽動性標語，提出不合理的要求，與政府對抗等。救災一個月後，逐步撤離，回復日常工作。一個多月享受京劇團演出和一個多月參與救災工作，真是天壤之別，這是警務工作多姿多彩的例證。 同年，另一位女警加入文化組，她天真純樸，好學，公餘還到英文專科夜校上課。她稱我為師兄，一天，她問，YMCA（香港中華基督教青年會）的英文全寫是甚麼？我開玩笑說，"You Must Come Again（你必再回來）"。 她再問我，那女青年會，YWCA 全字又是甚麼？我說，"You Will Come Again（你會再來）"。她再問，「Must」和「Will」的區別；我說，「Must」是一定，「Will」是將會，這說明男青年會比女青年會更具吸引力。我萬料不到，她竟然信以為真。翌日早上，她板着臉上班，我和她打招呼，她不理不睬。後來她離開了文化組。三年後，我升職為警官，離開邵氏，而她也升為警長，派駐九龍交通部。可惜她在學習駕駛摩托車時，遇上意外而殉職，從此陰陽相隔，真讓人惋惜。

住了三個月泰雲酒店，我們移居灣仔告士打道六國飯店。當年六國飯店是一幢舊式酒店建築物，牆壁上還留下日治時代的累累彈痕。酒店面對海旁，常見釣客在垂釣。酒店容許街外食肆「包伙食」，將午飯、晚餐送到住客的房間。每天送

飯菜給我們享用的兩個夥計，不是忘了帶碗，就是漏了帶湯，有時連米飯也忘記給我們送上。兄弟們對他倆不是取笑，就是責罵。飯後閒聊，我勸兄弟們不要再嘲笑他倆。碰上智慧比我們低的人，應該感到高興。如果他倆每次都按時送上應有的飯菜及清潔餐具，擺放好，還在旁侍候着我們用餐，餐後給我們遞上餐紙，奉茶，更詢問我們對菜餚的意見，那我們應該感到恐懼，將來他可能是飲食業鉅子，而我們可能是他的保鏢或司機，或是在他開設的大飯店當保安員。

寒夜裏，門窗盡閉，我與一位號稱「糊塗神探」的兄弟留在酒店。晚上 9 時，他睡醒，邀我去看電影，我不去，留在房裏看書。突然房內響起槍聲，室內充滿硝煙氣味，我回頭看，神探呆立着，他的佩槍掉在地板上，他沒受傷，原來他已穿上衣服，正在將佩槍掛上腰間的時候，皮帶折斷，槍就丟在地板上引致走火。我們把窗戶打開，讓硝煙味散去。我到服務台問服務員，剛才有沒有聽到甚麼聲音，他說沒有。我回房和神探開始慢慢尋找彈頭和彈孔，用了個多小時還沒找到，只好放棄。翌日下午，我一個人無聊呆在房裏，想起昨晚的事，我再看房裏的擺設，看到紅木（酸枝）鑲嵌大理石的桌面微微升高約一公分，我再近看，見子彈頭嵌在紅木桌底部，而大理石桌面些微撬起。我慢慢把大理石敲打壓平，取出彈頭。再用尺量度彈孔的高度，距離和方向，高度剛好與我坐姿的脊樑骨相

等，唯一不同的是方向相反，如果方向相同，我已背部中彈。後來我問神探，他的皮帶用了多久？他説近十年從未更換。當年槍械彈藥管制還沒有上軌道，要找回一顆子彈充數，實在太容易，因為大多數探員都私藏有後備子彈。

除夕夜，有家眷的回家團聚，有女友的早就相約到餐廳、夜總會狂歡，歡場女子也生意滔滔，應接不暇。我孤單一人留在酒店，看兩毛錢幾份賣剩的「拍拖報」（兩份報紙只需一份價錢）。累了就睡，以為可以好好的睡到天亮，明天會更好。12時正，路上的汽車響號與海上的輪船汽笛齊鳴，加上爆竹聲，普天同慶，迎接新的一年。聲音把我吵醒，我步出露台，遠看九龍半島，火樹銀花，海上船隻張燈結綵，好一片昇平景象。而我，孤零零的一人，想找朋友電話訴心聲，沒有對象。要到舞廳消遣嗎，欠缺錢糧。一時萬念俱灰，生無可戀，取出佩槍，手撫槍管，真想一槍了結此生。但我再想，還有甚麼事沒有清楚交代？腦海裏立刻閃出慈母的影像，我驚慄醒覺，萬萬不能死，倘先母親而去，她受得了嗎？把槍放回槍套，重拾好夢。事後我想，如果我真的結束了生命，別人會怎樣看我，賭博欠債？為情？工作壓力？變諜？被殺？誰會想到一位邵氏年輕探員竟會死於一時的孤單和寂寞！

第八章

政治部實錄之二

1953 年初，在旺角重遇昔日在元朗結識的圍村闊少，歡聚片刻，他領我到新填地街他開設的運輸公司，鄰近是東方舞廳，他歡迎我隨時到訪，也可以讓我在店裏長居，就這樣，我多了一去處。店裏常有訪客，多是其他警區 CID 或休班警員。為着多認識朋友，我參與他們的活動。後來我才知所謂活動，就是逛舞廳、泡妞，以及夏夜常到油麻地避風塘品嚐地道美食，聽女伶們唱曲，與艇妹打情罵俏。消費極高，錢由闊少付，我整個月的薪金也不夠一晚的開銷，我們只好淪為保鏢、司機、跟班。雖然他還視我們為兄弟，沒多久我已漸萌去意。

　　1953 年夏天，我在易通英文專科夜校（金馬倫道）報讀 Form III（中三）。我對英文文法一竅不通，上課的第一晚，教文法的老師是該校的校監，第一個點名要我用英文造句；我站起造句，將中文句法的結構照搬進英文句子，惹得同學們大笑。老師跟着說：「這位同學，你還是改去 Form I（中一），從頭開始吧。」我身為男子漢，毫無愧色站起來說：「老師，我不懂，才交學費來上課，我懂就不會來；如果我比你更懂，那你就得坐在台下。我希望你能給我三個月時間，我保證能跟上同班同學們的程度；六個月後，我的成績會位列前三甲。」他點頭。第二天，我到辰衝書店買 *High School Grammar*（高校英文文法）一書，苦修三個月，總算實現了承諾。

　　每天晚上我回校上課，開着屬於闊少的簇新房車，久之，

惹來麻煩。某天晚上 10 時，我在店舖閉門讀書。突然有人拍門，店裏的雜工開門，有三個陌生青年，其一指着我說：「就是他，白天在彌敦道調戲我的女朋友。」

我站起來，請他們進店說話，他們不上當，我只好站在大門處跟他們對話。

像頭兒的對我說：「幹了就不怕認。」

我說：「我從不認識你們三位。」

頭兒說：「你們做生意的鬥不過我們古惑仔，認了吧。」

我說：「你們真像古惑仔。」

頭兒說：「哦，仲咁寸吖嗱（居然還這麼囂張），快給我的兄弟陪罪。」

我說：「陪罪可以，但不是現在，我還可以在報紙刊登廣告，說我某人，得罪你們幾位。」

頭兒聽罷，約我翌日下午 3 時在山東街龍鳳茶樓三樓見他們的大哥，然後登車離去。我暗裏記下他們的車牌號碼，返店繼續看書。

翌日上班，我把昨晚發生的事，向上級報告，再去油麻地長樂街，向非法出租白牌車（沒有公共交通牌照的載客車）的「自己友」（租車的，如使用自己「油」可以便宜點）表明身份，調查昨晚記下的車牌號碼，究竟租給誰？沒有結果的答案，早在我意料之中。我這樣做是有意放古惑仔們一馬，如果案件鬧

上法庭，報紙刊出「黑社會不識好歹，踢政治部幹探入會」，屆時，我便重蹈覆轍，像年前拘捕扒手之事，置警長的忠告於腦後，多管閒事，暴露身份。下午，我和兩位兄弟到龍鳳茶樓赴約，對方沒有出現也是意料中事，這事就此不了了之。

在晴朗的某個星期天下午，闊少太太攜同一位長相清純、不施脂粉、長頭髮的少女到店舖。少女很美，水靈的眼睛，輕盈的體態，不愛説話。闊少太太説是偶然路經此地，順道來看我們。吃過下午茶，她倆去逛公司。十天後，闊少太太神秘的笑笑，送我一張星期六下午２時半的樂宮戲票，放映的是外語片《仙樂飄飄處處聞》，吩咐我千萬不可不去，屆時定有驚喜。我接了戲票，猜想這多半與那天的少女有關。按時坐在電影院的座位上，果然長髮少女飄然而至，打了招呼，靜靜的欣賞電影，心裏飄飄然，仙樂處處聞。散場後，我倆在附近喝咖啡，還是我説話多，從電影談到興趣，她靜心聆聽。我問她要不要吃點東西，她搖頭説她的食量很小，我要了一客烤麵包，她只分了四分之一。留下她家裏的電話號碼，送她回家。

往後的日子，見面多了，我告訴她，我搬了家，和三位同袍住在深水埗東京街基督教青年會宿舍。闊少那店舖不適宜長居，那裏環境會影響我讀書。我再詳細告訴她我的「變蝶」計劃，未來五年之內，要升職為警官。如果我們減少見面，多了時間讀書，升級機會越快，她點頭並表示嘉許。我們訂下見面

時間表，星期一至星期六中午不見面、不寫信、也不通電話。星期六下午至星期日可以見面。她答應了。我開始加快步伐，除了工作，全力專注學英文，其他時間自學中文和數學。在寫字樓裏，有一位我很敬佩的彭警官，他常告誡我說，升級除了努力求知之外，還要加上謙虛、謹慎、有禮。聽他幾句話，我思想開始改變，少發言，學做聆聽者。

1955年，升伍長的名單公佈，在休息室裏，威警司拿着升級名單，逐一向升職者握手道賀；來到我面前，剛要和我握手，但發覺在升級名單中，竟找不到我的名字和編號，他悵然離開；轉到我的上司林警官的房裏，問他為甚麼不推薦警員2454升級？當時女警蘯女也在房間，這是她事後告訴我的。我對她說，讓其他同袍先行一步，三年後，我會連升三級，她盯着我，搖頭道：「死性不改。」

1955年4月11日，一架印度航空公司「克什米爾公主號」客機在香港啟德機場起飛後，往印尼途中發生爆炸，有消息說周恩來總理也在飛機上，消息立刻引起警方注意，邵氏高層迅速投入行動。我身為最低級探員，只聽命行事。回憶當年，警隊保護要人組還未成立，每有中共要員抵港，飛機泊在停機坪，參與保安的華籍警官站在距離飛機旁約十米之遙，背向飛機，圍成一圈，英籍警官則面對華籍警官，面向飛機。我們邵氏兄弟混在遠處的群眾中。待車隊由交警帶領離開機場，我們

才散隊。

翌日，報章刊登周總理不在機上，11名乘客與5名機組人員喪生，其中8名是出席「萬隆會議」的中共代表團成員。數天後，邵氏拘捕了曾參與該機檢查維修、清潔加油等機場工作人員。警方懸賞花紅給提供消息者。又數天後，上級命令我們一名探目、兩名探員貼身保護一名姓周的華籍青年，後來我們稱他為「大班周」。規定每天換酒店，只准留在香港島，絕不容許到九龍或新界，盡可能留在酒店，且每天換班、換酒店。如是者過了一個多月，減除探目，只留下兩名探員做周的保鏢，每兩天換一次酒店。再過一個月，減為一名探員作保鏢，每星期換班，可改住公寓，每星期換一次居所。

探員大多數已婚，有孩子，每到他們值班的一星期，均請我替代，得到上級批准，我也樂意為之。雖然晚上不能去上課，但可以帶上書本，在公寓自修。如是者過了三天，大班周悶得發慌，當年香港還沒有電視，他要去看電影、逛街、嘆咖啡，我不能拒絕，只好奉陪。晚上我仍可以讀書。我從不問他的背景和他的事情，就算他告訴我，我也不聽。只知道他與飛機爆炸案有關。每星期的消費有規定，如房租、餐費、日常消費、衣着費、交通費等。如有額外需求，大班周可以向有關警官索取。

再過三星期，又是我和大班周七天的歡聚，領取了七天的費用，我和他商量，搬去更幽靜的公寓，轉換環境，而且房租

便宜。他同意。得到上級批准，交了一週房租，留下七天食用費。我提議把剩下來的錢，在一兩天內花光，他聽了很高興。我自以為很聰明，詭計得逞。結果是自作孽、不可活。第一天差不多已用完一星期的錢，我還以為以後的日子，可以靜靜讀書。第二天，他仍可以耐着性子，唉聲嘆氣，在室內往來踱步。他忽然對我說，要借我的佩槍一用。我愕然問：「想自殺？」他笑着說：「想扮演 CID，你扮演我的馬仔（跟班）。你不見這公寓住上很多舞小姐嗎？」經他一說，心領神會。過了一陣子，我在樓層轉了一圈，發現這樓層起碼有四間住房是舞小姐的香閨。回房後，我請大班周說出周詳計劃。他說主要目的是弄些錢來應付未來五天的花費，扮 CID 騙不長腦袋的舞小姐是輕而易舉的事。我在想，從爆炸案到現在已經五個月，如對方真的要把大班周綁走或要我們的命，機會多得很，而對方沒有下手，足以證明周的存在與利用價值已不重要。

年輕的我，童心未泯，竟把佩槍交給周，但我強調槍是空槍，子彈由我保管。囑咐他在任何環境、任何情形下，都不能拔出佩槍。他答應，略作梳洗，穿上大衣，腰掛佩槍，蠻像一位精明的幹探。我們離開房間，在樓層找獵物，不到半小時，他已經釣上兩位舞小姐到附近餐廳用午餐。過程中，周的應對進退，聲調表情，堪稱上乘，但其談吐內容稍欠高雅，因而比我更像 CID。用餐完畢，周付了賬，我們步返公寓。

1956 年 7 月，一名警員攝於中環香港滙豐銀行總行前。

回到房間裏，周問，怎麼樣？我説，不錯，但談話內容低俗。他説，和舞小姐們交談，不可談國事、論書畫，況且他也是個門外漢。我認同，和她們談徐志摩，她們以為是「隨處摸」；説唐詩，她們以為「塘西」（香港西環昔日著名的紅燈區）。周的計劃，立竿見影。不到三小時，華燈初上，兩位不長腦袋的小姐濃妝艷抹，攜名牌手袋過訪，力邀我們送她倆回舞廳上班。這樣送上班，是表示她倆有身份、多客人，令其他小姐羨慕，但要付買鐘錢。周推説沒空，其實是沒錢。周藉口説要等電話。兩小姐力邀，周向我打眼色示意，我看腕錶已接近下午 6 時半，我説來不及去銀行，要不，可以拿我的腕錶和水筆去押。兩位小姐在歡場中打滾多年，鑑貌辨色，立明其意，即從手袋取鈔票交周，周假裝推辭不了而勉強收下。於是晚上的節目解決了，皆大歡喜。

一連數天，周樂透了，如入眾香之國，如住溫柔之鄉。有女陪同進早餐、玩麻雀，黃昏上舞場，一切花費全是歡場小姐們樂意奉獻。只要在公寓內，我還是獨自進修。七天期滿，由另一探員接替，我完成任務。從此再也見不到大班周。不問不聞，可以保身，是我們的職業守則。落花流水，愚者才會追問花的去向。

某星期三，晚上 9 時 15 分放學，在校門碰到我的「週末女友」手持雨傘在等候，我問她在這裏幹嗎？她説下雨天，打

傘等我放學。我説，這微雨可能打破我倆週一至週六不見面的承諾。「還是你先走，我再回宿舍。如果你不信任我，可以每個晚上藏匿在暗角裏看我放學。」結果我看着她黯然離去。我想，我這樣做，是否令她難堪？我非鐵漢，何曾不想與她共享片刻溫柔，雨中漫步，打着小傘，肩並肩，喁喁細語，香澤微聞。但我太了解自己，每做一件事，必定要達到目的，不能半途而廢，只要一次破例，可能會摧毀我的變蝶計劃。狠心一時，謀求長遠幸福，希望日後她能明白。

每逢 10 月 1 日，中華人民共和國國慶；10 月 10 日，雙十節，中華民國國慶；這兩個日子，警隊一律取消休假，防暴隊分成小隊在繁盛街道兩旁巡邏。邵氏兄弟分配到各區，負責監視各社團慶祝國慶活動，每小時向指揮中心彙報詳情及懸旗數目。我直到現在還弄不明白為甚麼要報懸旗數目。我和兩位兄弟負責港島西區、南區、赤柱，地區廣闊，我開車往返巡邏。一般報告懸旗數字是約數，而我，每次刻意報上懸旗的實數，如：3,692、5,037。指揮中心問我的計算法。我答，我連街上小孩手持國旗和報攤擺賣的都準確計算在內。此舉雖屬無聊，但可以標新立異，做前人所未做。晚上，所有的慶祝活動完畢，我們才可以下班。

1956 年，一場大暴亂發生在深水埗石硤尾徙置區，起因是警察強行拆去中華民國國旗，由此掀起暴亂的序幕。暴民上

街遊行示威，趁機打破商店櫥窗進行搶掠、攔截車輛、放火燒車、殺人、收保護費……。政府實施宵禁，警隊疲於奔命，港九新界各區暴亂此起彼落。邵氏兄弟悉數出動。晚上，我被派往油麻地，在橫街窄巷單人步巡，如發覺有可疑人等違反宵禁令，須立刻向指揮中心彙報。因為是單獨便衣工作，更要提高警惕，免生意外。深夜 1 時，看到十餘漢子，手持木棍等武器在永星里集合，我馬上向中心報告，軍裝警員隨後趕到現場，群漢已作鳥獸散；我留在現場，靜觀事態發展；兩名警員走近我，我立刻將佩槍推至身前小腹位置（當時我穿唐裝），意在測試他們能否發現我有佩槍，鬧着玩。經搜查後，他們沒發現我的佩槍，要我出示身份證（當年政府不發身份證給警察，只發警察委任證，以免警察隨意外遊或外逃），我出示警察委任證及説出工作單位。他們問我，為甚麼不早説，我説：「師弟，和你倆開個玩笑，看看你們能否搜出我身上的佩槍。」這測試證明當年警員訓練不足，工作馬虎。現在想來，這玩笑很無聊。

一連幾天，我們搜集情報，包括社團、報館、學校、工會、武館、街坊會等組織。宵禁期間，個別在各徙置區、橫街陋巷巡邏。接獲情報，出動拘捕疑犯，搜尋煽動性標語及各類型自製武器、汽油彈、炸彈等。工作極為辛苦，希望能盡快恢復社會秩序，解除宵禁，讓市民安居樂業。一天傍晚，我隨隊到彌敦道新樂酒店執行任務，搗破諜網，拘捕三名男子，搜獲一批

證物，帶回警署。離開前，警官指令我和另一位師兄留守酒店至翌日中午。這是一項優差，久旱逢甘霖，我們洗澡、泡熱水浴，享受酒店晚餐和早餐，和前幾天生活真有天壤之別。後來每當路過新樂酒店，仍帶有絲絲回憶。當年新樂酒店是一所豪華酒店，附有中西餐廳，冠蓋雲集，常客都是電影紅星、社區名人。寫此回憶錄時，電視播出經營了 55 年的新樂酒店部份光榮結業，最後的晚宴是在 2015 年 3 月 25 日，花開花落，感慨良多。

　　一次，在大角咀拘捕黑社會分子行動中，在後樓梯拘捕一名健碩漢子，把他扣上手銬，在警署印指模時，他極不合作、惡形劣相。

　　他對我說：「兄弟，你以後要小心，我絕不會放過你。」

　　我說：「你以後還有沒有機會再見我，要看今晚。我現在是代表全港善良市民揍你一頓！」

　　這是我加入警隊以來首次毆打犯人。我起腳在他背上力蹬，將他摔倒在地板上，直滑至值日官的椅子底下。這是當年司空慣見的等閒事，值日官也不加理會。交班的時候，我吩咐兄弟們再給他招呼招呼、替天行道、鋤強扶弱。身為警察都不敢出手儆惡懲奸，試問善良市民，誰敢出手？

　　幾天後，宵禁解除，社會恢復秩序，但善後工作未了，邵氏更為忙碌；根據情報，大舉搜捕涉案人犯，更開放漆咸營作

臨時拘留所（在尖沙咀東部海濱走廊一帶）。分配一位警官帶同兩名探員為一組，分若干組，每天到營上班。警官負責問話，套取消息；探員負責看守，押解人犯和作「打手」，一切看警官的眼色暗示而行動。每週沒有例假，有時工作至深夜。日復一日，我對工作開始麻木。一天，林警官對我們說，已獲上級允許，從明天起，我們小組休假三天。

放假頭兩天，回家看老媽，與女友會面，看電影。第三天，責任心重，我返回邵氏總部跟進過去一個多月的工作。是日合該有事發生，這事可能影響我的變蝶計劃，甚至一生命運。早上，在走廊遇上一位警長，他問我今天是不是當班值日？（值日表是六個月前由總務組編定，每天有三位探員值班。）我說，不記得；他將手持的值日表給我看，上有日期與我的編號，我無言，只好點頭。他領我去見總務組的歐警官。

歐警官銜着煙斗說：「你現在到灣仔警署押解一名犯人回來。」

我說：「長官，今天是我的假期……」

他不再讓我說下去，喝令我閉嘴，問我：「去還是不去？」

在毫無機會解釋下，我只能奉命而去，步行到灣仔警署帶回他要的犯人。當年警員押解犯人，近距離路程只把人犯扣上手銬步行，無須警車。

把人犯帶回交給歐警官，另一位錢警官也在場，我以為已

完成任務，可以離去，豈料他說：「且慢，你先帶犯人去總部後的水警營房，將他交給理髮師剪髮，再帶他去洗澡，然後帶他去員佐級餐廳吃飯，最後帶他回來見我。」

我開始有點火，壓着性子和嗓子說：「長官，我現在隸屬林警官指揮，在漆咸營上班，今天剛巧是我的假期。何況，值日表上還有兩位探員……」

他喝停我說話，問：「去還是不去？」

我拉長嗓子說：「不——去！」

他搖了電話，找另一探員到來看守人犯，然後他領我去見他的上司葛柏警司。葛柏問我，去還是不去？我想再解釋，葛柏不耐煩說，再不服從命令，可以立刻把我送進警署羈留所，再送上法庭。在淫威下，我只可服從，但我還是對他倆說，事件完結後，我會按級呈遞，投訴他們兩位。歐警官也對我說，會考慮循紀律處分、起訴我。

翌日，在漆咸營上班，我將昨天發生的事，向林警官報告，並提出按級呈遞，投訴葛、歐兩警官。林警官將投訴案暫時擱置，待漆咸營的工作完畢，返回總部再行處理。約兩個月後，辦完漆咸營的事，返回邵氏總部，回復正常工作。我重提舊事，林警官說，投訴葛、歐兩警官的事已向上級彙報，上級認為是小事，不接納我的投訴。同時，幾位對我友善的華人警官作「和稀泥」，勸我息事寧人，只要我肯向葛、歐賠不是，

保證他們不會對我提出紀律處分。自入邵氏以來，從沒有下級投訴上級或紀律處分下級的先例，勸我不要開先河。我跟着說：「各位長官，很感謝您們的好意，但我希望您們不再插手這事，讓我個人頂着幹。」三星期後，林警官告訴我，歐警官已對我作出起訴，共兩項紀律處分：不服從命令；藐視上級。審訊期未定。我早有心理準備，處之泰然。

　　對此事件，一名小小警員，對抗兩名警官，無疑是以卵擊石，勝算極微，尤其是當年警隊，官官相衛，起訴人是警官，證人是警官，主審者也是警官。但我從不焦慮，焦慮於事無補。我分析，一旦罪名成立，輕則申斥；次則罰薪；重則革職。按慣例三年至五年，休想被薦升級；更一定會調回軍裝部（俗稱「燉冬菇」，再戴警帽）。上述任何一項，我絕對不能接受，既不接受，怎辦？惟有打算辭職。離職後又能幹些甚麼？苦無良策，最後決定去當海員——海闊天空，找一小島，跳海登岸，成功願為酋長之駙馬，失敗則曝屍他鄉！當然審訊未到最後階段，我絕不氣餒，決心要贏官司。怎樣去贏？先找《警察通例》查看有關紀律處分的程序，其程序大致與初級法庭審案相同。我對法庭的認識，始於九龍城區掃毒期間，每月都有幾次登上法庭證人台作供的機會，接受被告或律師盤問，但對主問、盤問、複問的規範、技巧以及結案陳詞等，認知甚淺。為了備戰，一有空就到法庭聽審，學習各類技巧。有同袍關心我，安慰我；我更不會將事件

告訴女友或老媽，她們幫不上忙，徒令其擔心而已。

紀律處分案開審前一星期，傳聞在英國度假的 Gordon 警司升級，回港出任邵氏第二把交椅──Deputy Director of Special Branch。他就是早前提及我的伯樂──歌頓警司。但我對他不寄予厚望，畢竟他為人耿直，不會徇私，而且案件也未必由他審理，加上三年不見，人心恐變。即使案件由他審理，因我和他有私交，會影響公正審判，他為人公正廉明，隨時可以調換審判長，所以我決定不見他。

開庭前，在邵氏休息室，大批同袍互相打賭，99% 買我輸，幾乎沒有人買我會贏。案件終於開審，辦公室改為臨時法庭，有關人等各就各位。庭長出庭，各人起立行禮，然後坐下。庭長果然是歌頓先生，但我沒有絲毫喜悅之情，只以平常心待之。

庭長望着我，開腔說：「你是警員 2454 ？」我點頭。

他說：「我料想不到，三年前我舉薦你來邵氏，而今天我剛上任，第一件工作是審判你！紀律法庭也是法庭，公平公正的法庭，你有甚麼話要申辯，儘管和盤說出。需要翻譯員嗎？」

我說：「我用英語答辯，如須翻譯，再由翻譯員翻譯。」他點頭批准。首先，由庭長宣讀控罪：A：「不服從上級的合法命令」；B：「藐視上級」。我認了 A 控罪。對 B：「藐視上級」罪，我不認罪。庭長宣佈先審 B 控罪，而 A 控罪，因被告已經認罪，押後宣判。歐警官為第一證人，在證人台上，

他用英語簡述當天發生的事故。構成控罪的主要原因是：一、不聽命令而拒絕去押解人犯；二、態度冷淡；三、在人犯面前與上級辯駁（argue），對上級沒禮貌。庭長問我是否作出答辯，我說要答辯。首先由我開始盤問證人。

我問：「當天我是否已將他要的人犯帶回交給他？」

證人答：「先前不答應，後來才去押犯。」

我問：「我要解釋當天是我的假期，而你毫不給我機會作解釋？」

答：「我不須要聽你解釋，命令就是命令。」

我問：「我帶回人犯，而你還要我將人犯帶去洗澡、剪髮……等長時間工作，但那天是林警官給我的假期；再者，還有另外兩位探員當值，可供你使喚，為甚麼一定要選我？」

答：「我不須要回答你的問題。」

我問：「最後，你領我去見葛柏警司；之後，我是否完成你所指派的所有任務？」

他答：「已完成整個任務。」

我再問：「我有否當面向你提及，事後我會對你和葛柏警司作出投訴？」

他回答：「有。」

我問：「在你作供期間，曾先後多次使用 argue / argument 一詞，請問該兩詞的釋義及在何情形下才構成該兩

字的含義？」

他答：「在人犯面前與上級辯駁（argue），態度冷淡（cool），就構成藐視上級。」

那我問他：「我用 quarrel 或 dispute 替代你所用的 argue / argument，你是否同意？」

他答：「不同意。」

我說：「你認為我態度 cool，如我改為 calm，你是否同意？」

他答：「不同意。」

我追問：「當天在人犯面前，我和你對話時，我的語氣和聲調怎樣？」

他回答：「一般。」

我即繼續追問：「請解釋『一般』？」

他答：「不像平時一樣，聲調高。」

我指出：「和你對話的時候，我的態度怎樣？例如，我有沒有把腳擱在櫈上，身倚在牆壁，或用手指指着你？」

他答：「沒有。」

那我說：「既然沒有，我現在將你所用的 argue / argument 改為 explain / explanation，你是否同意？」

他答：「不同意。」

我對庭長說我的盤詰完畢。庭長聽罷，考慮了一會，說：

「兩位用詞都不太適當，本席認為用 discuss / discussion 最為合適。」聽了這句，我相信勝券已在握，「藐視上級」控罪將不會成立。

到第二證人錢警官上台作供，他所說的和歐警官大致相同，但他說了兩句他不應該說的話：一、"I do not agree with this police constable……"；二、"It is of my opinion that this police constable ……"。

在盤詰階段，我只問錢警官幾個問題：「請問錢警官，今天你用甚麼身份出席這紀律審訊？」

他答：「證人。」

我說：「既然是證人，你只可以將當天你所見所聞，據實向庭長述說。剛才你說，I do not agree with 一句，是主觀看法，是否應該由你口裏講出？」錢警官無言以對。

我說：「"It is of my opinion that……" 一句，請問你今天是用甚麼身份站在證人台，是證人、是警官、還是認可專家？」錢警官即時滿臉通紅。庭長突然吹起口哨：Whatever will be, will be〔電影《擒兇記》（The Man Who Knew Too Much）主題曲〕，並請錢警官離開證人台。庭長宣佈下午 3 時再審，退庭。

步返休息室，同袍問我，案情結果如何？ 我說，下午 3 時再開庭。再開庭時，庭長即作出裁決，B 控罪「藐視上級」

不成立，控罪撤銷。續審 A 控罪「不服從上級的合法命令」，因為早上我已承認控罪，庭長宣佈只由被告人作出答辯。

我說：「控方起訴 A 控罪的同時，應該多加控我另一條同樣控罪。」

庭長好奇問：「為甚麼？」

我回答：「因為我聽命歐警官的合法命令的那一刻，我已違反了對林警官的合法命令；林警官的合法命令是放我三天假。因為我責任心重，在最後一天假期，我仍上班返回基地跟進我的日常工作。在這情況下，我豈不是也觸犯了林警官的合法命令？我觸犯 A 控罪，而歐警官不給機會我解釋……」

庭長打斷了我的辯解，說：「我給你機會是申辯，不是答辯，因為你已認了 A 控罪。」

我繼續說：「我認為法律對『合法』二字解釋含糊，是否所有的上級命令全是合法？再者，假如當日我身負更重要的使命，而我不加解釋，豈不誤了大事？」

我申辯完畢。經過一陣子考慮，庭長宣佈 A 控罪「不服從上級的合法命令」罪名成立，罰我五天薪金，問我：「可要上訴？」我望着他，沉默了一下。

庭長繼續說：「這次處分，會記錄在你的個人檔案（行為簿）上，但會註明這次處分不會對你構成任何服務上的污點，更不會影響你的升級前途。」

我點頭説：「我不上訴。」庭長宣佈退庭。

庭長將我留下，待其他人散去，我們才開始敍舊。他問我，為甚麼在邵氏四年，還不升級？我説：「長官，升級與否，我只能操控一半，另一半是掌握在上司的手裏，我自問在 SB，已做出很不錯的成績。」他再問我有沒有知心的女朋友？我搖頭。

他嘆氣説：「今次你之所以受紀律處分，原因就在這裏，單身漢沒有家庭負擔，行事不免魯莽。想當年，我踢警察甲組足球隊，球賽進行中，上司如要我回警署工作，我會立刻去。」

他再問我在哪兒學英文，並稱讚我的英語造詣，比四年前大有進步。我説，是自費晚上在易通英文夜校唸 Form V（中五），他點頭，鼓勵我好好的幹。

這是我在警隊服務 40 年唯一的一次受到紀律處分。我相信歌頓總警司對我的承諾，樂意留在邵氏繼續工作，打消了我的海員流放計劃。事後我對這次紀律處分作出檢討：一、勝在幸運，審判長是我的伯樂，我的舊上司，讓我可以暢所欲言，公平公正，如換上另一審判長，結果恐怕改寫；二、用英語盤問證人，詞彙直接，省卻翻譯時可能出錯，如不懂英語，必定遭殃；三、準備充足，熟悉法庭審訊程序，將重點問題聚焦質詢證人；四、質詢直接簡單，省卻法庭審訊時間；五、兩位警官輕敵，看不起一名小小探員，我更懷疑他倆對法庭審判缺乏認知和實戰經驗。

第九章

守得雲開見月明

紀律案告一段落，我學乖了，沉默是金。不再和同僚談審訊過程，只說兩項被控罪名，一贏一輸，罰了五天薪金。從此讀書功更勤，每天半夜 1 時才睡，誓要在歐、錢兩警官未離開邵氏之前，我也晉升為警官。

1957 年夏季，紀律處分後三個月，林警官和我握手道賀，說我已晉升為伍長，並遞給我看《警察通令》，證實我的升職。當年極少有這樣的破格提升，一般是經過升級委員會面試及格，才可以晉升。同年冬季，《警察通令》通告港九新界、水警，包括 CID 及各特殊部門的主管，推薦有潛質的警務人員，參加第四期官學生試（Cadet Course No. 4）。經林警官推薦，我將參加考試。獲悉之後，我心情如常平靜。我的信念是：只要有努力，就沒有壓力。壓力會令人加重心理負擔，臨場表現大打折扣，100 分只剩下 70 分。我自知學歷低，中英數靠自修，很少機會和老外用英語交談，如果再加上臨場膽怯，再打七折，豈不是剩下 49 分。如果沒有心理壓力，處事冷靜，處之泰然，就可能做到八、九十分。

考試前一天，歌頓總警司召見我，勉勵我一定要成功，不許失敗，他說對我抱極大寄望，考不上回來踢屁股。邵氏兄弟共有四位獲推薦參加官學生試。考場在黃竹坑警察訓練學校進行，考生共 64 名，來自不同的警區，包括水警、CID 和威海

衛籍警員 [3]。考試範圍分英文、中文、數學和口試。先考英文作文，題目為：一、我為甚麼要升職為督察？二、怎樣解決香港黑社會的問題。兩者選一，限時 35 分鐘，字數約 200 字。我選了第一題，因時限太短，決定不起草，行與行間多留距離位置，以便刪改。首先把題目分為四小目，每段約 50 字：第一段，寫滿足求知慾，從學習中可以獲得更多知識；第二段，升級之後，可以擁有較大的權力，指揮下屬，更多機會服務社群；第三段，社會地位提升，當年統計，警官地位排行 28，警員地位排行 86；末段，居住官舍環境寬敞，幽靜，每月薪金比員佐級（警員至警署警長）高，而收入多了，可使下一代有更良好的條件接受教育；結語，作為督察，領導下屬，有更廣闊的視野空間，服務市民。作文完畢，只用了 30 分鐘，還有五分鐘再看內文，在預留空位上作出刪改。全文字數為 198字。數學題為：加減乘除，限時 30 分鐘，答題越多，分數越高，但答案要正確。中文題為：隨意描寫一件意外事件，字數約 200 字，限時 30 分鐘。口試是面對考官，中文問、中文答，英文問、英文答，內容隨考官意思。考試分兩天進行。

第二天中午，選出 30 位初步入選者。下午，全部穿上軍裝，由警校校長在他的辦公室親自一對一進行面試。我進入辦

3　威海衛警員（俗稱「山東差」）是香港警隊在成立初期從山東英租威海衛招募的警員。當局對招募魯籍人員要求嚴格，而這批人員在當地受訓半年後，於隔年 3 月派駐香港以協助維持公共安全。

公室，行禮，坐下。校長遞給我一份英文文件，隨意命我唸第三段，我唸不夠一分鐘，被叫停。他收回文件，與我閒聊幾句，然後再問我，剛才所唸第三段的內容，我說：「政府正計劃在港九新界各區興建小區，小區有住宅、學校、商場、圖書館和社區會堂等，方便居民使用，在居處附近上班，可減少交通負荷⋯⋯。」校長叫停。突然他問："What does it mean by ONE, O-N-E？"我毫不猶豫回答：「1是數目字，是單數，0之後是1，2之前是1，萬事開始從一⋯⋯」校長示意叫停，再問「programme」一字，我解說：「是時間表，列出按時辦好所須要幹的事。」

兩天考試完畢，各回單位等候放榜。事後，我回想，有生以來，我從來未有在中文或英文字典尋找「一」字（ONE）的解釋，而我能在瞬間回答有關「一」的字義，這是在沒有壓力下才能作出的即時反應，只有盡力才能發揮好的表現。能從64名考生中進入前30名，也算不錯。至於能否被取錄，不再放在心上。

約兩星期後，早上上班，在警察總部大堂，碰上一位高級文員，他笑着恭喜我，說我已被取錄為官學生。他接着說，當你們排隊見上級，你站的位置是在第九位，你才請我喝茶。我笑笑，並不把它當真，以免失望。我再回想，在兩天考試休息時，考生們高談闊論，信心十足，特別是穿上鮮明制服的警

長、伍長，表現興奮。我在邵氏工作近五年，離開警察日常工作一段長時間，偶然在警署，見他們當值日官，接受市民報案，將案情用英文記錄在報案簿上、接電話、接待老外報案，說的流暢英語。我相信他們的英語水平一定比我強。我委實沒有很大信心能勝過他們。

幾天後，在總部人事科，共有 25 位當日參與考試的同袍列隊等候上級接見，而我站立的位置真的剛好是在第九位。人事科警司恭賀我們考上官學生。我們要在隨後的星期一向警校報到。回到寫字樓，我向林警官報喜，並謝了他給我的栽培；再向歌頓警司致謝他對我的鼓勵；然後又向各友好、同袍握手道別。我的變蝶計劃實現了一大半，仍欠最後六個月的官學生訓練和考試。

官學生訓練班的課程內容和見習督察課程相同，上課全用英語，唯一不同的是我們每週有兩小時英語學習，由教育司署派教師到警校授課。當年警隊官學生的編制、薪酬、服裝、職權分配等未臻完善，如受訓期間，每個學員除原有的月薪外，可額外多獲 60 元津貼。制服上，把肩章編號下的紅絨布改用白布，稱為「白膊頭」，將掛在袖上的兩劃（伍長）、三劃（警長）袖章除下。簽名階級用 Cadet XXXX，表示沒有等級之分。用餐的地方，官學生不能使用警官餐廳，也不能去員佐級飯堂，那怎辦？只有在員佐級飯堂，警長用膳的地方劃出一區，

用彩帶圍上，寫 Cadet Only（官學生專用）。列隊檢閱，官學生排在見習督察後，在警長前的位置。完成六個月訓練，如成績未能達標，學員俱官升一級，即警員升伍長、伍長升警長，但警長不能再升警署警長（Major Sergeant，俗稱「咩喳」）。我猜是警署警長的出缺少，每區只有一名，當然是該區的掌舵人，位低但權重，掌握區內的經濟命脈，月入甚豐，是當年員佐級警察最渴望取得的位置。

25位官學生來自不同警區，職級有警員、伍長、警長、CID一人，邵氏三人（我是其一）、水警三人及威海衛籍四人。從沒有警署警長級報考官學生班，如有，此人定是傻瓜。26週訓練開始，教官姓李，是第三期官學生班的教官，暫時代課；兩星期後，由英國學成歸來的鄺教官接替。不設助教，由學員選出班長替代。李教官的開場白是，作為官學生，首先要着重一個「官」字──個人的言行舉動、衣着儀表、氣度等，要有官款，和員佐級往來要保持距離，不要混為一體。訓練科目，包括普通法、刑事法、證據法、警隊條例、保護婦孺條例、毒品條例等等。他不作詳細講授，只列出範圍，讓我們自己去讀、去挖掘，有不明之處，提出討論。槍械及步操由一位從英國軍部轉到警隊任職的總督察負責訓練。衣服洗熨、皮具清理有雜役專責料理，費用自付。兩週考試一次，每星期六早上，全校在操場列隊，由校長或副校長檢閱。星期六下午放假，至星期

天晚上返校。

我們的共同目標是晉級為督察，優勝劣敗，公平競爭，勤奮而能互相尊重。大家相約，每次雙週試成績最高者請飲茶，在 13 次考試中，我只有一次請飲茶機會。值得一提的是教育司署派來教英語的老師「大胃黃」（David Wong），首天上課就大放厥詞道：「你們的前途，全操縱在我手裏，只要我大筆一批，你們休想有晉升機會。」下課後，我們不相信他有此權力，一致通過採取妥協而不合作態度。每當上課，有問必「簡」答，例如他要我們講故事，我們便講同一題材，僅長短和枝節稍加改變，如：從前有一位皇帝，他死後，皇子做了皇帝，娶了妻子，封為皇后，生了兒子，列為儲君，皇帝死後，儲君成為皇帝，娶了老婆，生了兒子……。這是一個永遠說不完的故事。也有同學講「不文」故事，如：雪姑七友（Seven up）。黃老師醒悟，知道我們有意為難他。於是一改作風，聽我們用英語講警察的故事，遇到用詞不當或句子結構出問題，他一一指出共同研究。此後我們待他，亦師亦友，相處融洽。

教步操和槍械的是英籍總督察，為人風趣幽默，教法新穎。上槍械課，進課室時，他手攜一旅行袋，放在地上，開始講課，從中古時代，武士用劍決鬥至改用手槍說起，以至步槍發展到手提機槍的過程，深入淺出，解釋詳盡，風趣幽默。

然後打開旅行袋，將機槍組件逐一擺放在桌子上，一邊講解，一邊將散件再組合成一支機槍。我欣賞他的教學方法和態度，如果他進課室時，將一支完整的機槍放在桌子上，就會分散學員的專注力而不能專心聽講。上催淚彈實踐課時，我們要進入滿佈催淚煙的密室，停留三分鐘作實地體驗。再問我們，人體的尿液融入毛巾變濕，搗住鼻孔，是否可以減少吸入氣體？他隨即問各學員，曾否嚐過自己的尿液？沒人作答，他命班長去取 26 隻玻璃水杯作實驗，他自己先拿一隻水杯，各學員也拿一隻，他先排尿滿一杯。開始示範，左手持杯，將右手食指浸入尿中，接着把手指放進自己的口裏吮着。他命令學員排成 U 形隊，然後各自排尿滿杯，學他剛才的做法。「1——2——3——開始！」當學員吮着手指的時候，他叫停，查看學員的手指，看看是食指還是中指吮在口裏，是中指的及格，是食指的是蠢蛋。大概三分之一是蠢蛋。其實剛才的實驗是考驗我們的觀察力，他放進尿裏的是食指，吮在口裏的是中指。每次雙週試試題十條，他負責提供一條，事前給我們暗示試題內容，A 軍械題為……；B 步操題為……只要「按題索驥」，滿分在握。按 13 次雙週試計，每次熟習兩題，共 26 題，已包含該科的主要部份。在操場上，我們帶學警步操，他將經驗告訴我們：在初次領一隊陌生的學警 30 人，進操場前，先暗中記下一名或兩名學警的編號；在步操進行中，距離很遠時，就大聲

喊，如：「12697，別做白日夢，把左手提高點！」這樣做，一方面是使學員們提起精神，另一方面，更令他們對你欽佩，第一次帶領他們就可以記上他們的編號！距離這麼遠，還可以看見他肩上的編號！兵不厭詐也。

在訓練期中，校方會安排我們每月一次或兩次和校長共進午餐。目的是考驗我們在餐桌上的禮貌、談話儀態，班主任也會參與。有時校方更安排嘉賓講者給我們講課。有一次，講者是一位英籍的老婆婆，講題是香港經濟，她聲調低沉，面無表情，像老尼姑在唸經。時在午飯後第一堂，各人懨懨欲睡，我也不例外，但班主任在場陪聽，我只好用鉛筆刺大腿，強睜倦眼，以免因打瞌睡太不禮貌，影響班主任對我的評分。每個晚上和週日，校方安排一名官學生和一名見習督察跟隨教官為副值日官，負責警校保安工作。值日教官為最高領導，而第二領導是見習督察還是官學生？薪金是見習督察高，但工作經驗是官學生豐富。遇到有事，下屬應該聽誰的命令？警校也沒有作出明確的指示。

剛從英國學成歸來的 X 督察，是我們的班主任，將他在英國所學，娓娓道來，上課時能帶出新意，是一位稱職的教官。可惜好景不常，數星期後，他接通知往見警務處長，他還以為將獲嘉獎，穿上鮮明整齊的制服往警察總部見一哥。結果是接到革職通知信，要立刻離開警隊。原因不明，而我們也沒有時

間和他道別。人生無常，當公務員不是鐵飯碗，當警察更是薄瓷飯碗，甚至是泥塑飯碗，這事使我悚然而驚。回想 1950 年在警校受訓，畢業後在新界、九龍區駐守，在邵氏工作五年，那八年以來從未受德育或國家思想洗禮，因為香港是英國殖民地，同袍間所談不外聲色犬馬。當年，高級電影院在劇終時播放的是英國國歌《天佑女皇》，觀眾要起立，音樂告終，觀眾才可慢慢離場。我孩童時在廣西梧州城北小學唸書，唸一年級時，週一早會，唱「三民主義，吾黨所宗」；七、八歲的年代，聽到的是「九・一八」《松花江上》……的抗戰歌曲。在邵氏時，偶爾在漢華中學、福建中學、勞工子弟學校、電影圈的左派工會聚會中，也有唱：「起來，不願做……」，以及《南泥灣》等革命歌曲。在警隊服務八年，我幾乎忘掉我是中國人！

官學生訓練，很快就過了五個月，在最後一個月，我決定假日也不回家，整個月留在警校溫習，將所學課程有系統地重溫一遍。有家眷的同學放假也帶同講義和筆記資料回家溫習，可見競爭之激烈，每位同學俱悉力以赴。來自 CID 和邵氏的同學，最弱的一環是在操場上指揮步操，因為我們已多年沒有穿軍服，工作與步操無關。我早就知道這弱點，在日常訓練中，特別留意操長們怎樣教學警步操，一有空就向操長們請教步操的竅門。所有各科考試完畢，靜待成績揭曉。當年警官試分三級，即初、中、高級，每級再分 A、B、C、D 四科，各學員

1958年，第4期官學生全班包括葉愷（後排左二）等共20人與班主任（前排中間）合照。這班主任從英國受訓回港後即出任教官，但上任幾天即被解僱，原因不明。

一定要初級試及格，才能畢業，成為見習督察，肩章為一顆五角陸軍星。三年內要考畢中級試，四科及格，行為及操守良好，才可以晉升為督察，肩章為兩顆五角陸軍星。如再考畢高級試四科，紀錄良好，成為三星督察，肩章為三顆五角陸軍星。數年後，警隊在高級試多增一科 E，共五科，如五科全及格，有條件被薦升為總督察、警司或更高官階。肩上之五角陸軍星後來改為方形蜆殼星，沿用至今，原因是五角星與美國星級將領所用的星章類同，避免混淆，故作更改。

考試成績終於揭曉，25 名學員，按總體成績，我排名第九，與入學試相同。難道九是我的幸運號碼？兄弟排行我是第九；1962-1963 年度「世界十大業餘攝影家沙龍大賽」，我的排名也是第九。按該年度的督察出缺，只有 14 位官學生可以晉升為見習督察。但很奇怪，按成績排位第 1-13 名晉升是公平公正，而最後一名晉升的竟是成績排行第 19 者，原因沒有公佈，而當年是沒有投訴或查詢制度的。其他 11 位同學只能官升一級，至於能否再升至見習督察，要視乎該年度的編制出缺及區指揮官的推薦。

1958 年 6 月完成結業禮，我們暫返原區上班，等候調派。按慣例，升級後一定要調離原崗位，到各區學習和展開新工作。兩天後，接獲通知，我被派至九龍城警區——六年前的駐地。我和好友、上級一一道別。終於從幼蛹變為彩蝶，穿上夏

裝的警官制服，黑皮鞋配黃色襪子，襪頭有兩寸寬深藍色圈（員佐級穿的是皮靴，深藍色的襪子，配上皮腳綁）。看看肩膊上表示官階的一顆五角陸軍星，閃耀生光；警員編號除下，改掛 HKP（Hong Kong Police 香港警察）。左脅夾着鑲黑皮的「士的」（stick 權杖），源自當年英軍軍官的配套，其作用可能是防止軍官們把手插進褲袋裏，有損威嚴。數年後，警隊取消手持「士的」的陋習，以免用它對人指點或拷打。對鏡自照，好一位年輕俊偉的見習督察！我很天真，以為升了警官，可以自主、不貪污、不受賄，一心為市民服務，做個好警察。

早上，穿上整齊軍服，精神奕奕，往見九龍城警區指揮官，那是一位姓方的華人警司。禮畢，他起立與我握手，道賀我升職，並用英語對我說，升級得來不易，要好好地幹。然後開始訓話，解說區內的劃分，行政及人事管理，屬下紀律等等；他強調區內一切已上軌道，如發現有任何不足處，可以提議作出改善，但首先要知會上級。最後，他問我是否有其他問題，我說沒有。最後，他命我去見副指揮官和署長，接受訓話和工作分配。

闊別六年的九龍城警區，天空、街道、建築物不變，但人事全非，我再不能像六年前那樣，放膽去掃蕩毒品，原因是少了伯樂的支持及已升為警官。經過六年生活體驗，我對事對

人，有較深刻的認識，再細味指揮官的訓話，究竟是否另含深意？

「升級得來不易」，此話是否含有他意？「一切已上軌道」，是否意味要我蕭規曹隨？「先要知會上級」，這很明顯，是要我眼開眼閉，同一鼻孔出氣，做個順民。參透了玄機，我訂下工作目標。首先，我要沉着觀察形勢，揣摩上級的意向，同級的動態。數天後，庶務警長和我閒聊，問我對「溝渠水」（黑錢）有沒有興趣，我當然知道他的意思，我問：「多少？」他說每星期約一百塊，而當時我的月薪是 450 元。我笑着説：「既是溝渠裏的污水，我沒興趣。」話不投機，不再談。從此警署裏的同僚和文職人員漸漸與我疏遠，視我如星球人。和我談得來的只有兩位見習督察。有一位姓唐的三星督察是我們的馬首，有不明的事或難題，就向他請教。可惜，這位三星督察並不是指路明燈。

值班時間，每星期換更一次，A 更：08:00-16:00；B 更：16:00-00:00；C 更：00:00-08:00。每更由一名見習督察帶領若干名警長伍長及警員作分段巡邏，處理日常工作包括管理小販，捉拿及防止貨物阻街、違例泊車、行人闖紅燈過馬路、扔垃圾、吐痰、深夜嘈吵，以及接受市民查詢及處理投訴等……。當年步巡警察未有配備無線電對講機，單靠借用商店電話和警署聯繫。遇上嚴重事故，如行劫、火警、塌樓房、交通意外等，

由電台指揮巡邏車迅速趕赴現場處理。需要人力物資增援由警署供應。

某夜凌晨三時接獲一個無聊投訴，一名洋婦來電，說她徹夜不能眠，原因是受到花園裏的蟲聲、蛙聲騷擾，要求警察幫助。我到達現場，該處是嘉多利山一豪宅，有花園、池塘、古柏。我向洋婦解釋，花園是私人地方，蟲蛙聲雖然騷擾，警方也無權力作出任何幫忙。我說：「如太太你同意，明天我嘗試安排市政衛生署職工來殺蛙除蟲。」她聽了忙說：「不，不，不。」我想，富人也有煩惱時，不懂欣賞天籟之音。

一次，和一位警長步行巡邏；六年前我還是警員，由他還帶領我在九龍城區「行咇」（分段步行巡邏）。當我擔任掃毒隊副隊長時，他很留意我；我們之間偶然閒聊，他對我說：「長官，當年你走錯了路，你應該選擇要錢，一天的收入，等於你的月薪兩倍；有了錢，你可以買官走 CID 路線，最終升為探長，過富豪生活！」我回答說：「警長，你的想法太幼稚了，當年在背後支持我極力掃毒的是一位廉潔有為的區指揮官。我身為最低級的警員，何德何能，每天收受數百多元賄款。何況，受禮不到兩天，指揮官一定知道我受賄，最低的懲罰是把我調離掃毒隊，以後休想再有晉升機會，所以我沒有選錯路線！」

1959 年 1 月，我和女友舉行婚禮，儀式一切從簡，我認為結婚是我倆的事，不必打擾親戚朋友。我最反對拍結婚照片

葉愷夫婦 1959 年共諧連理。除了拍攝婚紗照，新娘子在婚禮晚宴時改
穿中式裙褂，在大妗姐相伴下羞人答答。

或婚紗照片，因為新娘經過化妝師改造，已經變成陌生人！如我倆相敬如賓、白頭偕老、永不分離，何須瀏覽照片？照片的另一用途是當夫妻不和，發生爭執，繼而動武，只會拿照片來洩憤，踐踏之、撕毀之。若發生家變，以至意外死亡、兇殺等不幸事故，傳媒更可能盜取照片在報上刊登，藉此吸引讀者！或當年華老去，一味傷逝，憶當年風華正茂、肌膚勝雪，整天對着照片發呆！若把學士、碩士、博士照片懸掛多年而不捨得除下，這只表示相中人的思想、學識沒有進步而已。我認為獎狀、頭銜、頒獎禮等照片，除炫耀外，一無是處！所以我極少留下相片，就算有，也束之高閣。正因此，我這本回憶錄沒有很多當年的照片分享給讀者，或許是唯一可惜的事！

　　當年政府已婚警官宿舍短缺，論資排輩，兩年也輪不到我，所以萌生買房的念頭，但又缺錢，只能租屋住。太座的阿姨經營製衣，她樂意墊付首期支持我們，我們便可按月供款，我們接受她的好意，遂買了一個仍在建築中的小單位。幾個月後，房子落成，我們把單位出租，每月把租錢支付銀行的供樓貸款。阿姨的工廠忙碌的時候，太座也到店幫忙，賺取工資以還錢給阿姨。

　　上級給我第一季的工作評語為 D，是最低的一級。我自信和工作能力無關，唯一欠缺者是公共關係搞得不好，不受賄、不曲意奉承、不討好上級。四個月後，上級給我新工作，專門

負責死因調查，如天災、工業意外死亡、自殺等，都歸我調查及提交報告，然後按級上遞，經指揮官審閱，然後呈交死因研究庭，由法官決定是否須要開庭研究死因。這些工作絕少由僅升級四個月的見習督察擔任，書院畢業的新見習督察更絕無可能出任此職。可能我是官學生出身，有八年警察工作經驗，所以才把我調任，幹不好就可藉辭指我無能而將我降級。我從陳督察接過待辦檔案，他並沒有向我作出「其他」交代。有兩名便衣警員，稱為「屍王」，歸我所管。他們分雙單日 24 小時值班，專責作初步調查死因，搜尋和保管證物，為證人錄取口供，帶領家屬到公眾驗房辨認屍體及辦理有關手續，安排證人和我見面等。我召見兩名屍王，詢問他們的工作情況，要如實向我報告。他們不敢隱瞞，因為我是官學生出身。他們說，介紹殯殮生意，殯儀館有固定的佣金作報酬，每月收入，視乎發生意外多少和介紹生意多少。他們兩人，一個負責替陳警官結算每月茶水簽賬，一個負責供應陳警官的汽油及抹車費用。殯儀館主人每月給陳督察 1,200 元交際費。聽完報告，我說：「我要除掉這陋習，你們也不要替我結算每月的茶水簽賬、汽油及抹車費用。通知殯儀館，無須給我交際費，我只要你們憑良心『做好呢份工』，不要有冤案使死者含冤莫白。你們怎麼幹，我管不了，我知道你們這份優差，是用錢買回來的。」

兩天後，殯儀館主人夫婦約我見面，我婉拒。後經警署唯

一的警署警長——階級低於我，是區指揮官的副官，並掌握區內的經濟實權——他從中拉線，最後我還是和館主夫婦見面。談及交際費事，我拒絕接受。我說交際費的來源，取自苦主，苦主們大都是低收入家庭，羊毛出於羊身上，我不忍心收取這些錢。他們點頭同意我的說法，但還是堅持要給我交際費，如我不收，他們會寢食難安。第二天屍王給我送上紅包，內有1,600元。我無奈收下，但心想怎樣處理這筆錢才令我心裏好過些？既然是交際費，我就用來交際，搞好公共關係，我既然被評為公關搞得不好，正好讓這筆錢發揮用處。首先我在下班前找署長（一位資深的老外三星督察），藉故打開話端，最後說我下班後到太子道的「賓集」士多（老外常光顧的煙酒、罐頭食物辦館）買些東西，問他可有需要？他說，洋酒和啤酒他已有，要麼，給他買些金寶湯和柯華田。我到士多要了兩箱金寶湯和一特大罐裝柯華田，晚上由辦館送到署長官邸。翌日早上，他到我的辦公室對我說「good boy」，「我的孩子從來沒見過這樣大罐的柯華田。」找副署長（二星級的老外督察），藉故閒聊，我問他要不要錢喝啤酒？他覺得我所問很奇怪，我說：「我每月給你200元啤酒錢，條件是你不要問原因。」他樂透了！我再去問那天和我談溝渠水的庶務警長，說：「你每月到警察貨倉提取日常用品，一定要付交際費，我替你付好不好？」他愣了，以為我有神經病，不敢收我的錢。我再去找

「車頭」（管理警察車輛的伍長）説：「你常要去政府車房更換汽車零件或修理車輛，也要付交際費，需不需要錢？」他看着我不説話，我給了他 200 元。還剩下 900 多塊，我放在抽屜裏，遇苦主或攜同小孩到警署錄取口供——他們一般是手停口停，還要付交通費（當年政府沒有今天那麼多福利安排），我便會給他們一點錢，作為交通及午餐費。有長者或傷殘人士到警署作證人，我也同樣看待。雖然如此安排，但有些證人還是拒絕接受。到月底，錢用不完，我請警署的文職人員到附近茶樓午飯，警車接送，警署的司機對我很好，可能是他們的頭兒吩咐。有時候剩錢太多，可以作晚宴，不足之數，通知殯儀館派員來付。這樣一來，同事們對我大有好感。殯儀館主人夫婦，加深了對我的認識，相處如摯友。

死因調查室和副指揮官的辦公室相對。副指揮官是老外，官階總督察，他常到我的辦公室看我工作或閒聊，漸漸消除官階隔閡。未摸清他的底蘊，我不敢和他談錢。死因調查工作有時很忙，案件多的時候，署長會把案情較簡單的交其他見習督察調查，此舉既可以訓練新血也可減輕我的工作負荷。記得一宗發生在鯉魚門村的非法埋葬案，一名海員原居民，航海歸來，他的父親已因病身故，家人不懂法律，未有領取死亡證便將死者埋葬。兒子去辦理遺產時，因沒有合法的死亡證而揭發案件。警方列為非法埋葬案處理。署長認為案情簡單，交一

位見習督察調查及提交報告。他看報告後不滿意，交另一名見習督察再作調查及交報告。他看後也不滿意，再將之交第三位見習督察繼續調查及提交報告，署長同樣不滿意。最後案件還是落在我手裏，我也是首次接觸此類案件。身為死因調查主任，我不能被上級視為無能而被其他同袍嘲笑。我靜坐默想，寫下調查大綱：一、證人：包括死者家眷、同居及鄰居、生前友好、醫生、村長、殯儀館、棺材店人員；二、證物：尋找死者家裏有關銀行資料、遺囑文本、書信，以及藥方、藥物、病歷、喪禮、棺材、壽衣等費用單據及生活照片；三、背景：死者及家眷教育程度、嗜好、交友資料、個性、出殯日期和地點、喪禮所採取儀式、出席喪禮者、安葬地點、葬禮送行者；四、尋找有關非法埋葬的法律，法官開棺驗屍的權力及警察申請開棺驗屍等手續。

落實調查大綱，我命屍王按調查大綱第一至三項尋找所需資料。初步調查完畢，選出我要的資料，不足的，吩咐屍王繼續去找。安排主要證人見面，由我向他們錄取詳盡口供。完成檔案及簡述案情報告，我認為案情無可疑，根據相關法律第 X 章、第 X 節、第 X 段，我提出無須挖墳開棺驗屍的建議。遞交報告後，署長命三名見習督察和我在署長室談話，他稱讚我遞交的報告詳盡，屬一級，命他們三人將我的調查報告拿去影印，回家熟讀。當時我感到慚愧汗顏，可能不是我辦得好，是

金寶湯和柯華田發揮的特殊功能而已。

死因調查是厭惡性工作，整天對着的證物，有吊頸繩索、藥水瓶、高空墮下死者血淋淋的照片、兇器、遺書等等。記憶所及，當年還未流行燒炭自殺。每天面對苦主，哭哭啼啼，愁雲慘霧。曾見過最簡單的三字遺書：「賭！玩完」；癡情的遺書：「我對妳如珠如寶，妳當我禾稈草；對妳癡心一片，妳説我黐X（不文詞）線。」電影紅星、名模、女歌星、名媛等自殺斃命，屍體在運送殮房途中，偶或會遭非禮。法庭下令解剖屍體，當年是由俗稱鼠王動手，法醫官在場或未到場，特權人士可作壁上觀。某女電影紅星自殺，我的手下邀我去觀看剖屍。我拒絕，不是害怕，而是感到對死者不敬。

一名外籍見習督察，奉命調查一宗在建築工地內發生的意外，一名地盤工人倒斃於工地水坑旁，水坑積水不盈尺，是下大雨時造成，送院後證實死於心臟病。見習督察將報告呈上級，區指揮官為司徒警司，召見該名見習督察，粗聲罵他為甚麼在報告裏不提及死者是否懂游泳？見習督察壓着嗓子説"Sorry, Sir!"後來，在一宗跳樓案，該名督察最後在報告書寫上：「死者是不會飛的！」同樣挨罵，這事成為警署內的一大笑話。司徒警司，脾性火爆，很少説話，笑容欠奉。有次我敲門進他的辦公室向他申請手令（按賭博條例，警司可以簽發手令給督察級警務人員），我申述理由並提交賭檔地址，他一

言不發，從抽屜取出手令簽發簿交給我，按程序他不能把手令簿交給我，應由他填寫地址、理由、簽字、撕下手令交給我；我接後，在他的辦公桌一角填寫。他咆哮："Get out!"我馬上拿着手令簿離開，找地方填寫後再敲門進他的辦公室請他簽名。按理，他不應該讓我拿手令簿離開他的視線，因為手令簿是保密文件，可以看到很多資料。上級無理取鬧，下級只有忍氣吞聲，乖乖服從，這就是紀律部隊的「紀律」。

第十章

同流合污求自救

白天上班，晚上溫書，雖然疲勞，但中級職業試即將舉行，我希望 A、B、C、D 四科能一次考取及格。結果如願以償。每月薪金由 450 元跳升至 780 元。只要服務滿三年，工作達標，行為良好，上級推薦，就可以升為二星級督察。但命途多舛，人算不如天算。1959 年中，警察總部發出通令，所有持有汽車駕駛執照的一星至三星級督察均須要登記。消息傳出之後，很快就有傳聞，説警務處長要將考牌制度由以往的專人負責，改由港九新界各區持有駕駛執照的督察級人員擔任，每天下午由總部指派翌日之考牌官。舊制度下，如出任考牌官連續四個月，其收入就相等於中了小搖彩馬票頭獎，足夠買入一所千呎住宅。一哥原意很好，但單憑這一招，是否就可以將貪污集團解體？當然不可能。只不過將數名督察考牌的總收入，分派給近百名持駕駛執照的督察而已。分散考牌制度公佈後，那位馬首三星督察，邀請我們吃飯；席間談及考牌改制，他説誰被派去考車牌，一定有收入；我們相約，誰也不許將部份收入獻給上級，作為爭取考牌機會。身為見習督察的我，首先贊成，其他人也無異議。兩天後近下班的時刻，署長通知我須於翌日上午 8 時半，穿制服到九龍交通部向行政督察 XXX 報到，主持考私家車駕駛執照。我是九龍城區派去主持考牌的第一人。在指定時間，我向行政督察報到，同時遇上另一名督察從油麻地警區派來主持考車牌，我們互相認識。行政督察簡略介紹考

牌的過程，交給我兩份名單，一份上有十名考生的姓名，附相片及考試時間。另一份有 12 名考生名單並附相片，列明為快期；快期的考生可以由我們兩人負責考牌，如有考生缺席，誰有空都可以主考快期的考生。對考生的評核並沒有標準。簡易的表格上印就一行文字：「這是我的意見，考生 XXX 身份證號碼 XXXXXX 的考試成績及格／不及格」，當完成考試後，考官只須在表格上劃去及格或不及格後簽名，並在考生的學車證寫上及格或不及格。及格者於兩天後可到警察牌照部領取駕駛執照；不及格者可以再領取學車證再考。整天工作完成後，考官將所有卷檔交回行政督察。憑記憶，當天我共簽了七個及格。

翌日早上，署長問我，昨天「生意」如何？我還未會意，他接著說："Driving test（考車牌）."我說簽了七個及格，但沒有人與我接觸。可能是教車師傅們還未組織起來，還未商妥給考官的酬勞和聯絡管道。

考完職業中級試，一次取得四科全及格，薪金跳升至 780元，工作安定，我開始思考未來取向。人的一生所追求者不外兩種目標，一是物質生活，一是精神生活。如選擇前者，就算我能升至警務處長職位，也不能滿足我的慾望，一哥退休後也不可能擁有豪華別墅、私人飛機。如要達到這目的，唯一的途徑是貪污，我不屑為之。如選後者，任何人都可以很輕易得到，

垂釣、下棋、音樂、盆栽、琴棋書畫都足以怡情養性。我決定選擇後者。回想 1950 年我報考警員時，用的名字是我臨時取的——「愷」字取自豐子愷先生，他的漫畫陪伴我長大。初為警員，我不敢接觸藝術，恐怕一旦着迷，無心上進，而且薪金微薄，買毛筆墨硯、幾張宣紙，都要用錢，更何況還須要有寬敞的畫室。升級後，我從攝影開始，購買相機，參考書籍，加入香港攝影學會，開始學黑房技術。我問太太，我可以不再升級嗎？她想也不想，說可以，我大喜若狂，得妻如此，可謂無憾。鼓勵丈夫升官發財的妻子多得很，因為她可以成為官太、夫人，躋身上流社會，傲視同儕。

一連三星期，副指揮官都沒有派我去主持考車牌，而其他督察頻頻出動，我暗裏偵查，原來他們每次考牌歸來，都有向上級進貢，我被蒙在鼓裏。我先問署長，不派我去考牌的原因，他說因我的工作很忙，有 14 份檔案還未完成。明知這是託詞，為了出一口氣，一星期內我開夜班完成及遞交了 11 份檔案。之後，署長通知我，明天去主考車牌。憑我八年警察體驗，要和教車師傅和有關人士聯繫，沒有難度。考牌當天，我簽發了十名考生及格，總收入為 2,500 元。翌日，我送署長和副指揮官各 400 元，更對其他同袍說，如果你們送 400，我送 800。你們送 800，我可以白幹。但這樣一來，無疑種下禍根。

某天晚上，一名活躍圈內人士，約我見面，談及警隊裏有

某部門，覬覦這塊肥肉(考車牌的收入)，欲組織一公司，將所有考牌官收歸旗下，可保安全。既不影響收入，更有大樹遮蔭，何樂而不為？我搖頭回答，世上哪有奉旨貪污的事？我拒絕加入。話不投機，此事就告一段落。我醉心於攝影，假日與影友到處追龍（拍攝沙龍照片）。工作照做，車牌照考。

考牌工作也有很多奇趣事。一位年輕活潑、秀色可餐的女護士向我報到，接受駕駛執照考試，初次見面，有驚艷的感覺，是我攝影師眼中的上佳模特兒。我和她攀談了幾句，看了她的學車證，上車時，她給我開車門（當年如想及格，師傅教路，考生首先要給考官開車門，以示尊敬），我說不用，並請她自行上車。我對她說，輕鬆點，只要沿途不出意外，你可以及格。15分鐘在太子道走一圈，途中有說有笑，回到辦公室，我拿着她的學車證，給她開玩笑──我變臉嚴肅地說：「我不能給妳及格，原因是在考試途中，說話太多，精神不集中。」我拿起鋼筆在她的學車證畫上一直豎，她撲過來，按着我的手，說：「長官，不要！」我笑着說，這一豎在上加圈可以是P，一豎上加兩橫卻是F，結果不用說，當然是豎上加圈。

有一位女士，濃妝艷抹地來報到考車牌，我核對了她的學車證後，她搭訕說，她的丈夫是某大酒樓的總裁，今天要開會，沒空開車送她，只好由教車師傅送來考牌。我沒說話，命她把車從界限街開到書院道，一條幽靜的斜路；我考她的駕駛技術，

在斜路把車倒退，泊在指定的停車位。她右手按在駕駛盤，左手搭上我的肩膊，臉向着我，眸子泛着流光，不似艷光，勝似春光。我用小手杖（當年警官當值，仍須佩帶小手杖 stick），輕敲她搭在我肩膊上的玉手。我說：「妳的手可以按在我的座位椅背，不是按我的肩膀。」52 年前民風比現在純樸，如果她因考駕駛執照失敗而對我作出非禮投訴，我是否百辭莫辯？當然不，天地有正氣，清者自清，我自有辦法推翻她的投訴。

某天下班前，副指揮官通知我，明天早上 10 時，須穿制服，到九龍警察總部向總區指揮官報到，原因不詳。總區指揮官的職級為助理警務處長，階級比我高六級，他要召見我，肯定不會是好事。按時出席，禮畢，他遞給我一信封，對我說：「這信件是由警務處長簽發，內容是你的誠信（integrity）出問題，現正由警務處反貪污部着手調查。你的授實階級日期是 1961 年 6 月，如調查仍未完畢，你的職級仍是見習督察；如證實你是清白無辜，仍照你的授實階級日期晉升為二星督察，不會影響你的服務年資，你的薪金仍可按時遞增。」他命我把信封拆開，詳閱函件內文，再問我有沒有其他問題，我說：「沒有。」行禮畢，開車回警署。我沒有將此事告訴任何人，將函件密收。

在辦公室靜坐沉思，認為此事源頭百分之九十是因我拒絕加入考車牌公司而引起，公司的主腦因為我曾經拒絕入會，欲

將我變為替罪羔羊。為了要證實我的推斷，我透過關係根查，結果證實我的推論完全正確。我不能坐以待斃，從逆向思維分析，一個不喜歡貪污的人，卻被指為貪污集團的人物；反之，一個貪污集團的頭頭，往往能置身事外，甚至被視為清廉！想通了這點，明白人在江湖，為了自救，我只能同流合污，決定在短期內混進最大的貪污集團核心，成為「自己人」。我將行動稱之為「解困」。 首先要找到中介人作為進入集團的橋樑。恰巧月前吳姓警署警長調離九龍城警區，由另一警署警長接替，我在邵氏五年，久聞其名：此君姓襯，戰前已加入警隊為探員，被稱為 CID「五虎將」之一，矮小精悍、談吐風趣、思想敏捷、喜歡賭博；後因事故，調返軍裝部，階級為伍長，數年間冒升至警署警長。我和他互不相識。雖然，我的官階比他高一級，但他背景厚、勢力強，為區指揮官的副官，加上服務年資比我長，從不將我這小小警官放在眼內。為了實現「解困」行動，我找機會到副官室和他見面，首先自我介紹，説我是一名有才幹的人，直接將我的困境和他訴説：「從今天起，希望你能成為我的師傅。我倆合作，撈家哭（撈家是指從事不正當行業的人）；我倆鬧翻，撈家笑。」接着我伸手和他互握，就這樣，展開了往後二十多年的師徒之誼。

師傅喜歡打麻雀，下班或假期，經常帶我去港九新界各探長俱樂部，介紹認識探長（警署警長）、探頭（三劃警長）、

探目（二劃警長）、首席收租佬（探長的頭馬，負責聯絡、談判、收黑錢）等要員。湊腳打麻雀，賭注頗大，動輒二、三千元。我作為一個軍裝部的見習督察可以隨便進出探長俱樂部，可算是異數。起初我的麻雀技術拙劣，輸多贏少；幸好，得到上文提及太太姨媽的幫助，給我金錢上支持，贏了還，輸了再借，最後我還是沒有欠她的。為了改善玩牌技巧，我到書坊找有關打麻雀的書，只要封面不一樣，我都買下，所費不過二、三十元。這些書的作者都用筆名，多是雀精、雀神、雀林高手、雀王……等。花了幾天時間，看畢買下的書，感覺的確物有所值，一一道出我常犯的毛病，茅塞頓開。學習收穫豐富：從玩牌前的精神狀態分析——先不要想贏錢，上場時每一顆細胞都處於作戰狀態，多喝水、少說話；再到開局、中變和殘局的章法；以至牌的排列次序，重要的對子、搭子不要放在排列的兩旁，牌子容易碰倒而曝光。還要注意散子、東南西北的先後出牌次序，三六或四七章的出牌順序；中發白單吊研究；做牌、叫糊的策略；降牌的研究；打危險張要先看自己的糊出機會等。最宜和臭脾氣的對手玩牌，暴怒則方寸大亂。輸一千元等於輸兩千元，因為你已經失去贏一千元的機會。賭博最難做到的是「穩、狠、忍」三字。書本開宗明義，信運氣者不要看這些書。如各人運氣均等，有研究章法的人會贏出乃是鐵一般的事實。自此，我做輸贏記錄表，將每次戰績寫在表上，年終結算，贏

多輸少；我更將歷年贏輸數字累積，就算某一場慘敗，我的累計記錄仍然是贏。蓋棺定論，玩牌時能做到氣定神閒、頭腦清晰、勝券在握。棋逢敵手，將遇良才，師傅、探長、探頭、探目更喜歡和我玩牌。混熟後，在人事上、組織上，我常常為他們出謀獻策。

師傅健談，閒來將其歷年經歷告訴我，傳我秘笈。綜合其所說，包括有：用人唯才，但不要長久，時間長了，他知道的秘密越多，終會成為心腹大患，故要暗裏將他調離身邊；還要惺惺作態，安慰他說日後找機會再召他回來合作，並給他遣散費「燒冷竈」（遭放逐至沙漠，鬱鬱不得志，門庭冷落，謂之「冷竈」）；還要懂雪中送炭，日後定有意想不到的收穫。對付敵人，要心狠手辣，斬草除根，以免死灰復燃。學英文，只學四字就夠：懂得説自己 good（好），別人 bad（壞），甚麼時候 pay（付），甚麼時候 collect（取）。對待異性，千萬不可搞下屬，更不要在自己管轄區內尋花問柳；要麼，到陌生地區去。買笑是主動，要花錢；賣笑是被動，用身體去掙錢。初相識，就要有「撇」（離開）的打算，臥在溫柔鄉，不要忘卻家裏的太太；切記紅顏禍水；落難而能不離不棄的，只有元配，哪有情人？上級有所需，盡可能給他滿足。賄賂（施）比貪污（受）更為棘手，要弄清受賄者的性格、喜好；給的數目太少，顯得自己小器，怎樣能拿捏得恰到好處，要看體會和功

力，偶一不慎，恐有牢獄之災。

自從埋堆（加入集團）之後，我離開死因調查工作，接替喜喝啤酒的老外，出任副署長，我月前被評為 D 級見習督察，竟能從眾多督察中被選為副署長！表面原因是栽培新人，其實明顯是埋堆的成果。每坐警車進出警署，經過橫門鐵閘，警員向我敬禮，再把鐵閘推開；回想昔年我推這鐵閘的情況，歷歷在目！出任副署長後的某一個上午，下着滂沱大雨；我喜歡在雨中漫步，於是穿上雨衣，戴上有雨套的警帽，獨自出巡；漫步小徑，到九龍醫院附屬的警察羈留病房巡視；雨越下越大，天色一片迷濛，雨水從帽唇滴在嘴臉，分外醒神。小徑清幽，行人絕跡，雨水灑在地上，激起一大片雨珠在彈跳。抵達羈留病房，我不急於按門鈴，先在外圍享受一番豪雨下的氛圍。進入病房前，我先在窗縫窺探房裏的情況，首先映入眼簾的是當值警員在病房床上熟睡。我轉到女羈留病房，輕輕敲窗示意當值女警小心給我把門打開，不要把師兄吵醒。進入病房後，我把雨衣、雨帽脫下，擱在椅背上；我在桌上的記事簿寫上日期和時間，並寫上「一切正常」，簽上名字，職位 A／SDI／KC（九龍城警署副署長）。我穿回雨衣，戴上雨帽，命女警把門關上，吩咐她不要吵醒師兄，讓他甜睡，然後漫步離開；女警摸不着頭腦，愣愣的望着我。處理這樣事件，按正常的做法，應在女警面前喚醒警員，告訴他因為當值時睡眠而將會受紀律處分，

並將過程寫在桌上的記事簿。如罪名成立，他會受到三年革職警告（扯紅旗），三至五年內休想有機會獲薦升級。但我往往不按常規出牌，暗中給他自新機會，希望他能反省，切記以後不要再違犯紀律。如他仍執迷不悟，以為我是新畢業的一顆星的見習督察，不懂或不敢將他起訴，終有一天，會落於他人之手，將之革職。當時我還冀望這警員在下班後帶謙意向我面謝，屆時我會給他訓誨。結果令我大失所望，我雖有佛性而他全無慧根，不可救藥。

一次偶然失誤，我被調離九龍城警署。起因是：每個早晨，我要負責將送上法庭的控訴紙一一過目，卻是合該有事，前一天有一名比我早一期畢業的見習督察為值日官（IOD, Inspector On Duty），他在未取得律政司許可下而直接控訴一名市民行賄警員；在法庭上，被法官發現程序出錯，將案件發還原區；指揮官認為我工作不力，疏忽大意，將我調職至深水埗警區，要我跟另一位老外指揮官學習。

在新的環境立足，審度形勢，指揮官是九年前我在警校受訓時的操場主任，高個子，聲如洪鐘，綽號「烏龍王」。初見面，他勉勵我要把工作幹好，對於被反貪污部調查誠信之事，雖在調查中，但清者自清，着我不要放在心上。他暫派我為巡邏隊小隊長。某一天，我在街上巡邏，碰上指揮官，他召我上他的座駕，領我去見九龍總區副指揮官；我不適宜問甚麼回事，

只是心裏在嘀咕，莫非與誠信之事有關？抵達總區會議室，見一眾街坊首長聚在一堂（當年區議會還未成立），他這才告訴我，這次街坊會議，由我出任翻譯員。會議主持是總區副指揮官。在一個多小時會議中，我自信表現還可以，時見烏龍王臉露微笑。回程時，在車上，他讚我表現很好，我問他：「你懂粵語？」他說略懂廣東話，但從與會者臉上可以看出端倪。上一輩的老外警官，做事真有他們的一套，記得官學生考口試時，校長曾突然考我「一」字的意思。這次又要我在毫無心理準備下出任翻譯員，可見他們別有機心。

之後派我當值日官，在巡捕房（報案室）坐堂，接受市民報案及處理一切報案室雜務，包括槍房、羈留所、電訊機，接電話回答市民查詢等。有師爺、一警目與數名警員協同工作。市民來報案，我用心聆聽，很快要作出決定，是罪案還是雜項求助，如屬罪案，直接在黃紙簿寫上有關資料（俗稱燒黃紙）交 CID 調查。如屬一般雜項，記錄在雜項簿，由報案室警員調查。當然，抓到疑犯而有證據控訴的話，是可以從雜項簿改為黃紙簿。這樣一來，破案率大增，證明 CID 成員全是幹探，警隊聲譽日隆，名聞亞洲，皆大歡喜。指揮官對我這年輕見習督察高度讚賞。探長、探目皆稱我「識撈」（很會做人）。

當年隸屬油麻地警區的旺角警署位於快富街（今工業貿易署大樓位置），原是一座古建築物（建於 1923 年，60 年代

拆卸）。因有一 CID 李督察告假一個月，我被臨時借調，頂替其位置而成為 CID 見習督察（當年調往 CID 為便衣督察或探員，進入這大家庭是須要暗裏得到探長點頭認可）。我不知誰對我這樣垂青，相信是有高人相助。李督察有名句：「做嘢斷估，永無辛苦！」我雖是暫替其位，湊興也作名言：「永遠唔做嘢，永無做錯嘢！」

一宗簡單的失竊案，對我啟示甚深，證明我不適宜在 CID 工作。案情是：某一天下午，一位工人騎自行車送貨到旺角道吉祥茶樓，他送貨後返回自行車時，發覺失去十斤鮮牛肉，他到警署報案，值日官將之列為盜竊案，燒黃紙交 CID 調查。數天後，探員向我報告說，已拘捕了偷牛肉的疑犯，請我在控訴書上簽字，送交法庭。我一時不悟，好奇問，偷牛肉的案件你怎樣能破？證物找回了嗎？他笑着說：「長官，不要開玩笑，被控偷牛肉者是受警察監視守行為的人，他因破壞警察監視令而被起訴，我強迫他多背一宗盜竊罪。」當年的風氣，這樣做的多不勝數。在違背良心下，我只可以隨俗而簽字，將疑犯送上法庭。識時務者為俊傑，我仍是見習督察，我不能效屈原大夫之「舉世皆濁我獨清，眾人皆醉我獨醒」。

一個月工作，實際體驗了 CID 生活，我更不喜歡 CID。一天，我正在與探頭（綽號「大王」，喜拳擊，後升為探長）聊天，探員押來一名疑犯接受釋放前訓話。探頭厲聲說：「我

是本區探長，綽號『大王』。你行運，現將你釋放，你再不要在我管轄下的地區被我碰上！」他跟着從口袋裏掏出一疊大棉胎（500元面額大鈔），續說：「兩張可以買下你的手，三張廢了你的腿，四張要了你的命。」犯人被帶走，我問：「你這樣做，絕不能解決問題，無法消滅罪案、安定民生。像幾年前，荃灣警區警員在深夜暗裏將乞丐、流浪漢等用警車秘密逮解至元朗，而元朗警區又把他們送至上水，上水區再同樣移他們到沙田，周而復始，問題還是未能解決。」探頭哈哈大笑說：「掃清罪惡、安定民生這等偉業，讓孫中山先生去幹吧！」

　　李督察恢復上班，是時候我返回深水埗警署。探頭極力挽留我在 CID 一起工作，我相信他絕對有能力把我留在 CID，但我婉拒：「我責任心重，如留在 CID 工作，一些懸案將會整天縈繞着我的腦袋；軍裝部不同，下班脫下制服，恢復自由身，可以想我所想、幹我想幹的攝影藝術。」去意已決，探頭不再挽留，卻要和我結算這一個多月的收入，我說先不要計算，叫雜役拿來紙牌，我與他賭揭牌：每次各揭一張牌，如我連贏三次，他給我應得的加至八倍；只要我輸一次，就無須結算了。他應允，結果我輸，錢全歸他。探頭個性豪爽，真樂事也。順帶一提，日後閱報，得知該李督察在寓所被商業罪案調查科探員拘捕，當離開寓所時，他要求探員給他機會在祖先神位上香，份屬自己友，這人情不能不給；在取香的一刹那，李

督察吞服劇毒山埃自殺。我想，如他生在中日戰爭時期，這般視死如歸，必定是一名出色的特務。

我本可以返回深水埗警署，但適遇大陸逃亡潮，大量內地人從梧桐山及邊區湧進香港，我暫時被留在旺角警署協助工作。新工作是每當有火車從新界駛到旺角站（即現在的旺角東站），我穿上軍裝，帶領一小隊警員在站外出口守候，遇到可疑偷渡者，便將之臨時拘留在鐵馬的範圍內，等候檢驗身份證。一連兩天，本來應該是大有所獲，但剛剛相反，一無所獲——這是我故意為之。我告訴隊員説，1949 年我也從廣州來香港，因此我很同情大陸同胞，不忍心將之拘捕。第三天，果如我所料，老外署長親臨車站看我們工作。人流從車站出來，我指向某人，警目就將他請進鐵馬圈內，等候核對身份證。我「獨具慧眼」，在署長監視下，我和下屬一一核對在鐵馬圈裏的 20 多名男女，均持有香港身份證，署長無奈離去。三天工作，仍是一無所獲。最後，我還是透過探頭，請他將原因告訴老外署長，説我不適宜擔任這任務，請放我回深水埗警區。我在此，謹向當年那三天曾臨時被扣查滋擾的市民道歉，我這樣做是基於同情大陸同胞，使他們有機會在香港和親友團聚，也希望他們能為日後香港繁榮作出貢獻。

終於返回深水埗警署，我的新工作是負責處理申請牌照及查牌，包括麻雀學校（當年香港政府在禁賭後給麻雀館發牌，

1962 年 5 月底，一批非法入境者在香港警察監督下坐上火車等候經九廣鐵路遣返內地。

1960 年代曾有數以萬計的內地人非法入境香港，香港警方除嚴於邊防，更設法逮捕偷渡者。圖為羅湖邊境大批被捕偷渡者，在警方監視下等候遣返內地。圖右上角可見有五角星的內地邊境管制站，相隔羅湖橋的這一方便是香港邊境管制站（羅湖火車站）。攝於 1962 年。

美其名為學校)、舞廳、舞院、劇院、公寓的牌照,以及酒牌、槍牌和公共場所遊樂牌等。有部份場所須要按月「派片」(交際費)給警方,我對此不感興趣,但到月底,學乖了,我不能不把「片」收下。初時,我要熟讀有關法律及附例,才可以有效率執行職務。當時工作不算忙,憑記憶有幾件趣事:

麻雀學校

區內有 14 間領有牌照的麻雀學校(沒有牌照的被視為賭館),由「除邪隊」(Nuisance Squad,掃黃、賭、毒的隊伍)負責掃蕩。每月我只作例行查牌,看看牌照是否過期,核對職員登記名冊上的名單和照片,注意是否有非法典當在場內經營,草草了事。我知道所有麻雀學校都有後台支持,除非有特殊指示,一般都只是與持牌人閒聊幾句,在登記冊上簽字就離開。某一天,我離開的時候,有職員給我送上紅包,我不接,他頻說,要的,要的。追到大門口,我也不接。想起我在警校官學生訓練班的時候,班主任曾說,做官要有官款,一個衣着整齊的警官,手持警杖,怎可以在眾目睽睽下收取紅包?我再想,過往查牌,從沒有這種事發生,為甚麼發生在今天?這才想起原來是端午節。逢大節日,是有紅包收的。距離月底還有三天,還有八間麻雀館候查。我電召警車接我繼續查牌,吩咐司機,有紅包就你拿。有車好辦事,兩小時已完成八間麻雀館

的例行查牌。職員給我紅包，我便指向門外的司機。返回警署，司機問我：「長官，紅包怎辦？」我説：「你全拿去過節。」他疑惑地説：「400元給我過端午節？」我説：「是。」當年，警察司機月薪只有約300元。從此，每當我出巡，司機們爭着要陪我出車。

舞廳、舞院

舞廳、舞院，都是由有勢力人士包庇及每月派片。我只是例行查牌，簡單直接，看看職員及舞小姐登記名冊，是否有未成年少女混跡其間，與經理閒聊幾句，簽字離開。60年代的舞廳，設有樂隊伴奏、女歌星演唱，算屬正派，客人享受打情罵俏、輕歌曼舞之樂，「即日鮮」（隨時可以出賣肉體者）甚少。舞院是年輕人學跳舞的好去處，沒有樂隊，歌曲由音響器材播放，伴舞小姐青春活潑，收費便宜。當年的警察，在歡場中極受小姐們歡迎，特別是佩槍的CID。下級舞院燈光陰暗，丁方數尺的舞池等同虛設，根本沒有人跳舞，而舞娘多屬徐娘，醉翁之意不在舞，而在狹窄的廂座內互相觸摩——千萬不要喝舞院提供的茶水，因為水杯其實是用來洗手指的。更不要買鐘與舞娘外出，在燈光下，她的真面目讓你顫慄。我不明白，發牌當局為甚麼可以向這些藏污納垢、品流複雜的場所發出娛樂牌照？唯一的原因是貪污受賄，至於這樣做是否可以減少色

情、非禮案件，無法證實。

劇院

　　劇院，包括電影院和荔枝角海旁的荔園遊樂場。它們的營運者均持有娛樂場所牌照，我每月要作例行查牌。若發現超越牌照上的規定，如演出淫褻、裸體、意識不良，我可以組隊前往掃蕩。有一次，青山道新舞台戲院上演國際艷舞團，我懷疑有抵觸牌照規定的演出。我穿便服，買票進場觀劇，記下若干情節，計劃在某階段開始採取行動，構想如何配備人手，帶同攝影機錄取證據。第二天，我向指揮官彙報經過及在擬在某段時間採取行動的方案。晚上，帶同女督察（喬裝為男性）和一眾便衣警務人員出發，分別購票入場，在指定環節，警長亮起閃光燈，我上舞台宣佈「警察來掃蕩色情表演，和觀眾無關，請靜坐，不要離開座位」。女督察負責拘捕及進後台搜尋證物。持牌人出現，我命他安排職員將各安全門打開，然後使觀眾有秩序離場。結果將有關人等帶回警署並控告其破壞牌照規定，翌晨提堂。不要將掃蕩工作視作等閒事，如處理不妥善，會引起觀眾喧嘩和秩序大亂而易生意外，經傳媒誇大渲染，必受到市民指責，一哥和指揮官一定不高興。在閒情逸興下，觀賞艷舞也許對一些人來說是一種享受，但警察執行任務就不是那麼一回事，尤其是近距離看舞孃，只見其皮膚粗劣、眼如熊貓、

血盆大口、渾身臭汗；到後台去看，滿地煙蒂、胸圍、內衣褲、舞衣，發出陣陣汗臭。台前幕後差距極大，欣賞和執行任務，同樣是兩種心態。

每當我穿便衣到荔園查牌，必可得到在艷舞台前最佳位置的禮遇，這是園方預留供有關人士賞舞的座位。一次，散場時碰上一位好友，是稅務局的官員，也是攝影愛好者，他對我説，表演很精彩，要繼續買票看下一場。我説：「祝你好運。」他不知道剛才的「加料演出」，其實是專為我而設，舞孃頻頻向我拋媚眼，輕扭蠻腰，落力討好。

槍牌

槍牌，包括香港槍會會員擁有作練習射擊用途的手槍和氣槍，銀行護衛員用的鳥槍、散彈槍，以及潛水運動員用橡筋發射的獵魚槍。區內申領牌照及查牌全都歸我負責。一次，在長沙灣道新開的一間銀行支行的經理代銀行申請外幣找換牌照，依約定時間，他到警署辦理有關手續。我替他錄取口供，完成後，讓他離去。四星期後，我收到該銀行另一有關護衛員用的鳥槍牌照的申請，我打電話與該行經理説，可以讓他作出以下選擇：一、約定時間要他帶同護衛員到警署錄取口供；二、我到銀行替他錄取口供，同時察看放置槍械的安全條件；三、請他提供護衛員的有關資料，我先行在警署替他辦好有關的口供

紙，送銀行給他核對，如同意及一切無誤，他可以在口供紙上簽名作實，我同時間會察看放置槍械的地方及安全條件。結果他選擇了第三項。不到兩小時，我已經替他完成所有的手續，握手道別。事隔多月，我的屬下和 CID 探員常常問我和銀行的關係，我說沒有任何關係。他們說，每當到銀行簽值勤簿的時候，銀行上下都稱讚我是一位好警官。後來才知道是銀行經理將我的殷勤服務、樂於助人的態度作為教材，要求他的下屬服務顧客時，要做得比我更好云云。

某一天，一名青年到警署查詢有關申請潛水用獵魚槍牌照的手續，我領他到接待室並給他解釋所需手續，並給他申請表格讓他回家填寫，囑他交表時要附近照。他需要造一堅固的鐵箱及將之上鎖，牢固地安放在居室內牆，而且所有窗門要有窗框。他需要通過的考核包括對潛水和槍械的認知，以及是否潛水會會員等。當所有的條件具備後，他可再到警署見我，並錄取口供。數天後，他來警署見我，然後我乘警車到他的居室看規定條件。當一切辦妥，他送我下樓，在梯間，他給我送上紅封包，我按着他的手說：「年輕人，你怎麼會有這想法？如果我現在拘捕你，控以行賄罪，你將前途盡毀。我也是潛水會的會員，很了解年輕人的心態，希望能盡快取得牌照，所以我才盡快幫你。」他說：「我從來沒遇上這麼好的警官，我以為你是為了紅包才替我盡快辦事。」我警誡了他，囑他收回紅包。

由此可見，當年市民的心態和警隊給人的印象，如果警察提供良好服務，目的多半是錢！

公寓和時鐘酒店

公寓和時鐘酒店，品流複雜，是召妓、吸毒、聚賭、幽會的「好去處」。較高級的設有相片簿，分門別類，貼上明星、女歌手、家庭主婦、售貨員、工廠妹等艷照，供客人「選購」，如你選明星歌手，淫媒會找種種藉口，説她在外地拍片或正登台演唱，甚至會在你面前打電話，訛稱她不方便接客；繼而鼓其如簧之舌，推薦你找家庭主婦或工廠妹，説是「價廉物美」。天知道找來的是主婦、工廠妹，還是甚麼人？笨蛋才會相信淫媒的話。

工作以外，我當上業餘攝影家差不多兩年，在警隊稍有點知名度。一天，指揮官找我到他的辦公室，説他剛從 K7 水塘巡視歸來，水塘一帶，風景幽美，很想擁有一部攝影機去拍攝美景，讓我給他介紹。我説：「好，下班前，有店員送上不同款式的攝影機目錄，讓您挑選。」翌日，攝影機送到指揮官的辦公室，而賬單當然由我付。指揮官見了我，眨了眨左眼，豎起拇指！

第十一章

輾轉重返掃毒隊

天氣悶熱，我留在空調辦公室品茗，當值警長敲門，向我請示：「有一漢子，態度冷靜，來報案說，他要去殺人，等他殺了人，再回來自首。我應怎辦？」我說：「你還是去請示你的直屬上級吳副署長。」警長於是向吳督察請示，我好奇跟着去。吳副署長聽了說，很簡單，把案情經過記錄在報案簿，交CID探員作進一步調查。這指示很正確。我回到辦公室想了想，感到有些不妥，重返報案室對警長說，這案件不要交CID調查，還是交給我處理。我命警員把他帶到接待室坐下，問他要不要喝點水，他搖頭。我請他將要殺人的原因，詳盡的告訴我。

他說：「我是理髮師，在店裏被另一名理髮師出言侮辱，說我妻子暗裏去當娼賺錢來養活兩個孩子。我受不了，要把他幹掉。」

我問他：「你的妻子究竟有沒有去當娼？」

他火了，說：「絕對沒有。」

我說：「既然沒有，你應該寬恕那理髮師，因為錯的是他。如果你妻子真的去做妓女，那理髮師沒說錯，你更不應該去殺他。」

他聽罷：「長官，別來這一套，不管你怎麼說，我一定要幹掉他，老子走遍大江南北……」

我說：「你老兄走遍大江南北，見多識廣，小弟從未離開

過香港這彈丸之地，最遠去過長洲，但我想到的是得饒人處且饒人，你為甚麼想不到？」

他説：「你是你，不管怎麼説也阻不了我把他幹掉。」

這時他的兩位朋友也來到接待室勸他，要把他拉走，我請他的朋友們坐下。我將我所知有限的道理向那漢子灌輸，希望能將他的怒火慢慢熄滅。可是他仍無動於衷，嚷着要去殺人。

我火了，突然站起來用力拍一下桌子，指着他，厲聲道：「你自私、懦弱，不配當男子漢！殺人不需十秒，但十秒之後，你將養育孩子的責任交給愛你的太太，從此孩子有一個殺人犯的父親，太太有一個殺人犯的丈夫，自己在黑牢過活 30 年！」

他身子微震，幾句話，恍如醍醐灌頂、當頭棒喝，他定了一會神，才站起來，伸手與我相握，説：「長官，我交上你這個朋友，今後不會去殺人！」

我對他説：「今天的事，我向你保證，在警署不留任何記錄，當作沒事發生。如果你真去殺人，我的職業、前途、幸福將會徹底毀在你的手裏。」

他的朋友們也站起來和我握手，説從來沒有遇上這麼好的警官。我送他們到警署的大門，握手道別。

回到辦公室，我將這事的始末作報告，交值日警長記錄在報案簿。這是警察內部規定的程序，一定要嚴格遵守。我之所以不將此案交探員調查，是恐怕探員接手後，態度上或言語上

偶一不慎，處理不當，使那漢子火上加油，不殺人也得殺。我對當年的 CID 失去信心，所以市民還抱着「生不進衙門」的思想。我早已決定，在警隊不再升職，所以往往不依慣例，不按本子辦事。但求心之所安，服務社群。

翌日早上，指揮官上班的第一件事，就是看晨報（Morning Report），把昨天的大小事，一一閱讀。指揮官看了報告，召我去見他，問我報案殺人事，為甚麼不交 CID 調查，要由我親自處理？我按實情詳細回報，我説：「我的認知、經歷和官階都比 CID 探員高。」我更奉承他説：「長官，你的知識和對 CID 的認知度比我強，一定會同意我的處理方法，可惜當時你不在，如果由你去處理，必定更好！」他説："Well done（幹得好）！"

幾天後，我和屬下在北河街一茶居午飯。當年有茶居、茶樓和茶室之分。茶居開設在地舖，陳設簡陋，可以「搭枱」，茶博士（夥計）肩上搭着「祝君早安」的白毛巾，耳溝上夾着一根香煙，地上設有痰盂，茶客高談闊論，環境吵鬧但親切，容許小販進店兜售香煙、報紙、馬票、日用品。茶樓一般開在樓上，地舖是迎賓和洽談宴席的地方，大型的設有升降機，由迎賓女郎穿上旗袍操控，佈置華麗。茶室擺設高雅，椅桌用的是紅木，四壁掛上書畫，棄茶杯而用有蓋焗盅（茶盞），水滾茶香，是文人雅士喜歡流連之所。我在茶居吃飯時，興之所至，

漫不經意的花了也不知是一元還是兩元，向兜售馬票的嫂子買了一張小搖彩票，下班回家便交了給太太。

幾天後適逢放假，我和幾位攝影好友到菲律賓，到當地打電話回家，接電話的是小兒，他說：「爸爸，你中了馬票！」我以為他是鬧着玩，後經太太證實，我果然中了小搖彩馬票的頭獎，獎金是 3,840 元！當年在美孚新邨一個單位售價約 3 萬多元，3,840 元足夠作首期供款。掛了線，我對朋友們宣佈，我中了彩票，這幾天的消費由我支付，當場彩聲一片。晚上去浴場，我給小姐 10 元美金小費，她喜極，擁着我送上香吻。返港回家，我告訴太太說，3,840 元獎金與影友們共享，已花光了。這是意外之財，用完則吉。我沒有宗教信仰，但我相信因果，有因才有果，要果須有因。這可能是一個多月前我說服那漢子放棄殺人的念頭，同時拯救了兩個完整家庭帶來的幸運吧。

說回那除邪隊，其工作範圍包括掃蕩無牌小販、阻街、字花檔、街頭賭檔、流鶯、小電影和街頭騙案等。當時由一名外籍見習督察帶領，他在拘捕一個無牌熟食檔檔主時，不懂酌情處理，將食物、用具、火水爐等全搬上警車，引起市民不滿，幾乎引起騷亂，險些把警車燒掉。加上他不太了解香港的環境、習俗和文化，暫不適宜出任除邪隊主管。指揮官將我調職主管除邪隊。在記憶中有幾件趣事：

我向指揮官提議與有關部門聯繫，每月或在需要時作出聯合行動，由我指揮。衛生局（現稱食環署）徙置區屬下的寮屋清拆隊聯同警察組成一支隊伍，有效地將嚴重阻街的小販拘捕，清拆臨時帳篷，移走雜物，恢復道路交通。經過我和小販代表協商，南昌街兩旁的橫街，可以容許他們擺賣，但絕不容許任何一檔小販在南昌街擺賣，違者拘捕，貨物申請充公。當年南昌街路中央是明渠，兩旁道路狹窄，再加上小販擺賣，車輛須繞道而行。經此改變，南昌街環境得到很大的改善。隨之而來的煩惱是兩旁的國產傢具店，他們把傢具放到行人路上以招徠生意。我命令下屬票控傢具店的東主以貨物阻街罪。但無人承認是東主，店員指着懸掛在店裏的毛澤東肖像說：「毛主席是東主。」我不想將事件鬧大，下令撤離。50 年代末期，受大陸政治氣候影響，警員執行任務時往往有所顧忌。路人和小販們都在旁邊看熱鬧，看到我們撤離時，向我們喝倒彩，高呼「欺善怕惡」。我笑笑，忍一時之氣，風平浪靜。

第二天，我把事件經過向指揮官彙報，要求安排警察機動部隊（藍帽子）在警署候命，一旦有事發生，迅速到場支援。經指揮官同意，下午 3 時，我率領下屬和警署的雜工（管店），開兩部大卡車到傢具店。吩咐下屬，在搬傢具上車時要小心，不要有任何損毀。行動開始，傢具店的夥計們不作反應，冷眼旁觀。我命警長向店員們解釋，在 24 小時內，東主可到警署

交出營業牌照，接受告票，然後領回傢具，倘若逾時，我會以無人認領、棄置物件為理由，向法庭申請將物件充公。離開時，受到小販們拍掌叫好。返回警署，將傢具卸下，點算數量、名稱，作詳細記錄，然後交值日官登記。在搬運途中損壞在所難免，這是我故意授命屬下幹的。經過這次行動，南昌街環境和交通獲得徹底的改善。

當年深水埗至中環有渡海小輪，碼頭設於北河街，方便市民乘搭，使用率很高，碼頭兩旁設有鐵欄杆，防止行人意外墮海。長長的北河街兩旁欄杆滿佈小販攤檔，有賣水果、海鮮、故衣、雜物，甚至有在當舖「斷當」的衣物和電器，也有街頭賭骰子（「魚蝦蟹」）的檔口、字花檔、猜「公仔」牌遊戲（三張紙牌其中一張是「公仔」）等。也有漢子手持三支織針，其一尾部穿上紅繩，在觀眾面前，將織針左右穿插，令觀眾眼花繚亂，然後把指環交給觀眾，讓觀眾把指環套在某一支針上，如果你能套中尾部有紅繩的算贏，一賠一。我在掃蕩小販的同時，吩咐穿便衣的下屬，一定要把玩紙牌和玩織針的漢子拘捕。返回警署，小販們交保釋放。我要玩牌的和玩織針的漢子留下，把遊戲的奧秘揭開，否則控告他們以街頭聚賭罪。他們答應把遊戲過程慢慢地在我和下屬面前演出，讓我們看清楚，然後戲作投注，一次、兩次、三次，我們都輸，還是不能把謎底揭開。最後我信守諾言以證據不足而釋放他們。

在北河街掃蕩小販多次後，環境沒有太大改善，攤販照擺，警察照抓，這樣循環下去，毫無意思。我約小販們派出代表，商討解決問題。小販代表提出，只要有地方可供他們繼續謀生，願意作出讓步；我建議在碼頭兩旁鐵圍欄及碼頭 30 米範圍內不可以擺攤檔，以免阻礙行人；結果他們同意遵守規定。我將會議結果向指揮官報告，難題得到解決。

幾天後，新的麻煩又出現，碼頭兩旁的鐵欄鎖上幾十部自行車，有些是渡輪乘客停放，有些是附近商店送貨用的自行車。如果不及早清理，勢必有更多的自行車擺放，屆時要再清理倍加困難。我電召警署派車和帶備巨型鐵剪，將所有上鎖的自行車搬回警署，等候車主認領。翌日，我擺放警告字牌，命下屬將之繫在欄杆上，警告市民不可以把自行車擺放在行人道上。數小時後，重返現場，警告牌已在海面漂浮。我想，警方的警告牌可以在海上游泳，而他們的自行車也同樣可以在海裏潛泳。數天之後，自行車擺放如故，警員不可能長駐在碼頭站崗，要徹底解決問題，惟有祈求上天幫忙，出現奇蹟。清晨，有市民來警署報案，說他們鎖在鐵欄杆上的自行車已墮入海裏。值日官記錄在案，將案件交 CID 調查；探員暗笑，循例將一眾報案人帶回 CID 錄取口供。經此一役，再沒有自行車擺放在鐵圍欄旁。這是我的設計，深夜安排屬下穿便衣，攜利剪，把車扔進海裏。警權過大，以牙還牙，也有好處。CID 調

查指是「人為破壞，歹徒待緝」。指揮官精明，對此事詐作不知。

某天下午，先後有兩個類似道友（吸毒者）到警署自行投案，要找除邪隊。警員把他們帶進我的辦公室。道友出示證物說，他們是賣字花的，要求我將他們拘捕落案。我告訴他們，法律上不能自行入罪，我吩咐屬下把他們趕出警署。作為一位經驗豐富的警官，我當然知道這是甚麼一回事。我吩咐警長找字花檔的幕後區長，告訴他，我不喜歡來這一套，要抓人，我自會去抓。當年警隊與撈家混為一體。字花檔遍佈港九新界，收入甚為可觀。後來，香港政府推出六合彩，字花檔從此絕跡。

掃黃方面，淫褻小電影如雨後春筍般在住宅區經營，更有一樓一鳳（妓女）助長淫風，必須查辦遏止。為避警方緝捕，小電影的放映地點隨時改換，有專車在某地點接客到影院。當年這種色情影片是用八米厘（後改用超八米厘）機拍攝，僱用的男女主角中，有個「高佬森」為紅星，而導演和攝影師俱為九流人物，粗製濫造，拍得難看。我既投入濁流，何不污濁到底？我透露我是攝影家，有興趣看怎樣拍小電影，立刻就有圈中人給我介紹。約定時間地點，我攜同新買的超八米厘攝影機到場，很受歡迎，導演、攝影師還請我給予寶貴意見，指導拍攝。他們很欣賞我買的新型超八相機，我慷慨借給他們試用。兩天後，他們到警署歸還超八相機，當我接回相機，就聞到我

最討厭的強烈煙味，我笑着說，這超八相機送給你們作為見面禮。從此，他們待我如上賓。

指揮官回英國度假，新指揮官武毅（P. Moor）履新，他的長相很像電影《八十日環遊世界》的主角，道貌岸然，規行矩步，上唇留鬚，一派英國紳士扮相。數月前，師傅也調職到深水埗警署和我共事。署長將我從除邪隊調去掃毒隊，主管掃蕩區內的紅（紅丸）、黑（鴉片）、白（白粉）。我駕輕就熟，不數天，已掌握大概資料。掃蕩不難，最難的還是要摸清新指揮官的底。問道於師傅，作為指揮官副官的他，也不能給我肯定的答案，囑我耐心等候。一星期後，師傅告訴我，他與區探長呂樂（1973 年廉政公署成立後，發通緝令緝拿四大華探長之一的總華探長）帶備厚禮，夜訪新指揮官官邸。詳談之後，指揮官武毅表態，他絕不能收受任何金錢或禮物，如被其妻知道，婚姻會破裂。他更說，在警隊服務將近 20 年，對探長們的處境很了解和同情。在他管轄下的地區，可以有厭惡性的勾當（dirty business）存在，但不能多，盡除是不可能的。獲知指揮官的取態，我們就懂得怎樣應付。在我帶領下的掃毒隊，每天辛勞工作，交足功課，有派片（交黑錢）的不能抓，只能抓「走鬼檔」（沒有派片）。

某天早上，指揮官召集副指揮官、署長，還有過去曾出任掃毒隊隊長的督察和我（現任掃毒隊主管）一共八人開會，

除了我是華人，其他都是老外。指揮官説：「我知道近來區內的毒品活動很猖獗，要作出大規模掃蕩。各位都是有經驗的警官，曾出任掃毒隊隊長的更要在一星期內提供消息，特別是你（指着我），你是現任的掃毒隊隊長。如沒有問題，散會。」在走廊上，四位曾任掃毒隊隊長的老外督察，看着我微笑，意思是要看我這見習督察怎樣應付。這的確是難題，要好好想對策。處變不驚，一切困難總可以解決。既能解決，就不是難題。我想，可以向師傅和探長討教應付的方法，但再想，這不行，更不能這樣做，一旦走漏消息，指揮官懷疑的人，首先是我。更何況毒檔的伎倆不外是：暫時銷聲匿跡，洗太平地（不開業），或者提供假檔供掃蕩。指揮官是一位精明能幹的資深警官，這些伎倆瞞不了他，更可能首先懷疑是我在弄把戲。下午，我決定用我自己定下的方案獨自行動。重點是要絕對守秘密才能成功，稍一不慎，將會功敗垂成。

　　星期天的下午，我獨自一人，背了相機和腳架，走上石硤尾官立學校天台，連續拍了八張照片，把整座石硤尾雞冠山拍下，再用遠攝鏡拍特寫。借友人的黑房把底片沖洗（當年用的是黑白膠卷）。翌日在黑房將底片放大至每張 16 吋 X 20 吋大照片。回家將照片剪接成一長卷，在卷上用紅筆確定位置，如鴉片、海洛英、紅丸格、收藏毒品地方、天文台的位置、賭檔、妓寨，再用另一張紙用打字機記下類別、煙格的規模、繁

忙時間等。一切就緒，我將長卷暗地帶回辦公室鎖在抽屜裏。早上，我謁見指揮官，說請他午膳的時候留在辦公室，我有密件交給他。

在用午餐的一小時，辦公室走廊靜悄悄，師傅也去了用餐。我進入指揮官的辦公室，把門關上，請指揮官把門外紅燈亮起（表示任何人不得騷擾）。我出示長卷，說：「長官，請看，你要的都在這裏。」

他疑惑地看着我，然後把長卷解開，我在旁幫着用紙鎮把長卷壓在桌面上。他看了一會，說："Bigger than I thought!（比我想像中的更大）"

他再問我：「長卷從哪兒弄來？」

我說：「自製的，消息來源、從拍攝到沖印都是我幹的。」他望着我，露出不大相信的眼神。

我說：「我是業餘攝影愛好者。此事只有你知我知，希望你保密，不能讓第三者知道。」

他沒有回答我，繼續問：「怎樣才可以成功地把它們一網打盡？」

我機靈的回答：「你是指揮官，聽你的。」

他想了想，說：「留差。」（即是定下日期、時間，把警力留在警署候命）

我搖頭說：「不行。這樣做，會引起警署內有關人物的警

覺，導致風聲洩漏，撈家門偃旗息鼓，暫停營業。我提議給他們多活兩天，每個月月底的星期四早上，是防暴操演習期（一連人，再分三排，約八十多人），你是防暴隊的指揮官，由你帶領防暴裝備的警員，操上石硤尾雞冠山，把他們一網成擒。何況早上是道友們的歡樂時光，天文台還在夢中，沒人放哨。」指揮官大讚好主意。這事就這麼定下，我看着他把長卷放進保險庫鎖上。

星期四早上 6 時 30 分，配上防暴裝備的防暴連，已在大地列隊候命。我是排長，也穿上制服站在隊裏。指揮官發出命令，召所有督察級以上的警官，到他的辦公室聽訓示。他從保險庫拿出長卷，平放在桌上，讓列席者看上一兩分鐘，然後宣佈：「這次不是防暴操練，而是去掃蕩毒品。兵分六路，每路由一位警官率領，抵達目的地，須在 20 分鐘內完成任務，如果沒有問題，出發。」一位年輕的老外見習督察好奇問：「長官，這長卷拍得很美，是誰拍的？」一個不應該問的問題，而指揮官竟然回答：「讓我介紹這位 Mr. Ip。」此話一出，我看到副指揮官和一向對我蠻有好感的署長立刻變臉，對我怒目而視。

一輛吉普車、三大卡車分途向石硤尾雞冠山出發。行動迅速果敢，在指定時間內順利搗破七所煙格，拘捕道友達 70 餘人，其中六人控以開設及管理煙格，其他被控在煙格吸食毒

品。搜獲煙具和大量毒品。返回警署後，指揮官、副指揮官、署長和副官紛紛去休息，而善後工作，還是由我和十幾名下屬承接，包括證物處理，完成法庭文件，人犯交保。在此順帶一提，一般保釋金是由人犯個別自交，或親友家眷代交。而現在70多名被告的保釋金竟由一人攜大量現鈔來交保？見微知著：經營毒品者是有組織的集團，在其經營下的煙格吸食鴉片，等同已購買保險，保釋金和罰款均由經營者支付。工作完畢，已是中午12時30分，我先找師傅，邀他去午飯，想向他解釋。他板着臉說：「老弟，幹得好，羽毛長豐了。」他拒絕和我午餐。我只好驅車回家睡覺。我相信「船到橋頭自然直」，一切事定有辦法解決。下午，我打電話給師傅，約他晚膳。在餐廳，師傅仍是拉長着臉，我知道最大的原因不在掃蕩毒品，而是我事前沒有告訴他，讓他覺得沒臉。我陪了不是，再慢慢向他解釋我的苦衷和善後計劃。我說：「因為我仍被反貪污部調查，事件未有結果，而我要『脫困』，首先要獲得新指揮官的信任和賞識，這次掃蕩，只許成功，不容失敗。瞞着師傅，乃權宜之計。師傅的損失，我自有辦法補償。」又說：「從明天起，請師傅對外發放消息，說指揮官為了這次事件，給葉督察一頓很嚴厲的斥責，再不容許在區內有毒品檔存在。CID方面，你對探長說同樣的話。不出一星期，他們熬不住窮，一定要求重張旗鼓，屆時你提出增片（錢）條件，包括副指揮官和署長的

片。如各方同意，掃毒隊方面容易商量。」

翌日早上，我碰上副指揮官和署長，給他們打招呼，他們不瞅不睬，視我如透明，我知道犯了大忌，沒有把掃毒計劃按級呈遞，不止是不尊重他們，更令他們收入損失。但如果他們事前知道計劃，掃毒行動休想成功。下午，我用逐一擊破方法，將我不能按級呈遞的苦衷和補償他們金錢損失的辦法向他們解釋，他倆才臉綻微笑、頻頻點頭。副指揮官更稱讚我穿的西服裁剪稱身，選用的衣料是英國上等毛絨。既已身處濁流，求生之道，便是聞一知十。我問副指揮官下班後是否沒有應酬，如果沒有，晚上 8 時，我安排御用裁縫準時到他的官邸，為他度身縫製西服。我更笑着對他說：「長官，希望訂製數量不要超過一打（英式幽默）。」他才開懷大笑。

一切如我所料，各方談妥條件，撈家們急不及待，重整旗鼓，煙民們也快速回流。我的工作量加重，請求師傅在旁給我協助，廣佈線眼，將他所知沒有派片的走鬼煙檔、賭檔通知指揮官；在下班前，如果沒有接到指揮官的通知，表示指揮官可能已另派別的警官去掃蕩，屆時師傅自有辦法使該煙檔、賭檔暫時停業，警官將會空手而回。如果改由我去執行，定有收穫，使指揮官對我加倍信任。為了要交出更好的成績，我將力量集中在掃蕩白粉檔（道友吸食或注射海洛英）。一次在山邊木屋拘捕吸食海洛英道友，一名下屬為着搜證，與道友糾纏，雙雙

墮崖，受傷送院。經此一役，為免事件重演，我改變對付吸食海洛英道友的策略。每次出動前，先命警長到已派片的海洛英檔取 20 小包海洛英交給我。我對隊員訓話：「為避免同袍受傷，在拘捕道友時，不須與他們糾纏，讓他們把證物扔掉或毀滅，其他事，看我的。幹這種事，只可以由我親自來幹，你們萬萬不能學我這樣。」以後在海洛英毒窟發現道友吸食或注射毒品，我們站着，笑着靜觀，給他們機會把證物毀滅。在沒有證物的情況下，我命隊員將他們銬鎖起來，然後我慢條斯理地在袋裏掏出適量小包的海洛英並對他們説：「這是我在你們身上搜獲的。請你們在法庭上對法官坦言説，海洛英是我從口袋裏拿出來插贓的，看看法官信你們還是相信我。」50 年代影音器材還未普及，警權過大，白粉道人的長相與我一臉正氣和官階相比，法官一定相信我的證供。為免下屬身體受到傷害，委實無奈，出此下策，只為保障隊員安全，他們的生命絕不應該毀在臭道友手上。

同級警官對掃毒隊這個職位虎視眈眈，認為是一塊肥肉，而我卻認為是苦差，欲罷不能，日復一日受到良心譴責；而且收入雖豐，支出亦多，常常為他人作嫁衣裳。這與 1952 年我在九龍城區掃毒的情形截然不同，當年是拯救煙民、不貪污、不受賄，幹得極有意思。夏日黃昏，在石硤尾寮屋區瓜棚下，孩童在嬉戲，男士們赤膊在打麻雀，妻子在旁搖扇，襯上夕陽，

好一幅豐子愷筆下的小品。在此刻，我思索的是何時才能離開濁流，解除困境，不禁想到《歸去來辭》的幾句：「既自以心為形役，奚惆悵而獨悲？悟已往之不諫，知來者之可追；實迷途其未遠，覺今是而昨非。」

翌日，面見署長，請求辭去掃毒工作，調派其他工作崗位。署長一臉愕然，這職位是一眾警官們夢寐以求的好差事，為甚麼不幹？我和他交情雖深，但也不能坦然說實話，說自己收賄受到良心責備，因為署長也很喜歡錢。一星期後，我終於調職為巡邏小隊隊長，在街上步巡，既能為市民服務，又可以脫離苦海（掃毒隊）。十天後的一個早上，署長給我看當天的晨報，在掃毒隊工作欄上，指揮官親筆作眉批，至今我還留下印象："Mr. Ip is the only one who can produce results.（葉督察是唯一能夠交出成績的人。）"一紙眉批，又把我拉回掃毒隊。

經細心觀察，指揮官是一個愛潔淨、規行矩步的人，他的警服、警帽不是穿破戴破，而是被毛刷刷破的；襯衣潔白，配上袖口鈕；皮具閃閃發亮；辦公室一塵不染，傢具擺放方方整整；桌上的文具，從不錯放位置。我既不能用金錢物質去討他的歡心，惟有用行動表現。每次我見他或向他申領賭博或保障婦孺條例手令，都先行照鏡，確保頭髮和肩膊上沒有頭屑，鬍子、牙齒、指甲整理乾淨，而且他簽發給我的手令，我從不摺

疊，只把它平放在檔案夾裏。執行後，用打字機將結果打上，簽名交還指揮官。

有一次我交回手令時，指揮官問我：「在執行任務時，你有沒有攜同我簽發的手令？」

我說：「有。」

他問：「為甚麼手令上沒有摺痕？」

我說：「我把手令擱進檔案夾裏，在執行任務後，放回檔案夾。」

有一次，我在住宅區樓房破獲鴉片煙檔，通知指揮官，因為他曾對我說有機會要來看看煙檔內的情形。我命下屬去借掃帚，把樓梯打掃乾淨。奉承之術，因人而異，高手就是能夠搔着癢處。

深水埗街坊福利會在黃竹街球場搭棚演出粵劇神功戲，禮聘大名鼎鼎的伶王演出。我媽是伶王的戲迷，我答應給她買兩張戲票，讓她和好友一同去欣賞。我請警長代我去買戲票，要上佳的座位，強調一定要付款購票。下午上班，警長對我說，大堂前的座位，全給街坊會包起，辦事人只能送出兩張大堂東西（次一等的位置）的戲票。我看着戲票，沉思片刻，對警長說，你拿去吧。隨着，我命下屬去買郵票和信封，回來後，我對他說：「你這樣寫：深水埗警司大鑒，本人獲知伶王在黃竹街戲棚內公開吸食鴉片，請派員調查……。」寫完後，貼上郵

票，把信投進郵箱。翌日上午，我對大寫（高級文員）説：「你將會收到一封有關投訴伶王的信，請按正常程序開檔案，然後把檔案交給我，千萬不要交給指揮官，明白嗎？」自從我投身濁流，聲望日隆，受我恩惠的人漸多，大寫也不例外，對我言聽計從。最後，信就落回我的手裏。

傍晚，我單身走訪伶王於戲棚，憑嗅覺，在後台竹棚一秘閣，找到正在抽鴉片的他，情形就和八年前在北帝街南洋片場我和他初次見面的一幕相似，不同的是，當年我是警員，現在我是警官。我對伶王出示證件説，我是深水埗警區掃毒隊隊長，現接獲市民投訴，把檔案遞給他看，繼續説：「如果我現在拘捕你，今天晚上的戲就不能上演，明天報紙會怎樣寫？」這時候，街坊會的理事長（退休的CID探頭）來到，我認識他，對他説：「六叔，你是前輩，今晚的事，該如何處置？」眾人愕了一會，不知所措，我突然站起，在檔案夾裏抽出投訴信，對伶王説：「今天我交上你這個朋友，我把我的前途、職位、家庭都押在你身上，希望您能戒除惡習，不再吸食鴉片。」接着，我在他倆面前將投訴信在煙燈上點火，慢慢燃燒，化為灰燼。然後握別。

第二天下午，立竿見影，街坊會派人親自送上大紅請柬，誠邀我觀賞戲寶《臥薪嘗膽》，在大堂前第七行為我留下20個座位，足夠我和屬下、家眷享用。上演的晚上，大堂前的

20個座位用紅絲帶圍着，寫上「嘉賓留座」四字。在轉場時間，伶王特邀我和老媽在後台相見，他先鞠躬，再雙手緊握我媽的手問好，令她受寵若驚，如墮夢中，不知究竟發生甚麼事！

副指揮官到期調職，新來的老外副指揮官是從檢舉貪污部調來，看來滿臉正氣。我問師傅，此君來頭如何？他説，世界上沒有不吃魚的貓，他知道有一警長是副指揮官唯一相信的經理人。師傅教我做事不能操之過急。某一天下午，師傅接見一名警長，談了不久，師傅將警長逐走，並大聲罵：「我的事，不須你費心。」我當然知道發生甚麼事，我問師傅：「今後你怎樣幹？」師傅教路説：「我身為咩喳，如要靠下級搭橋，有損英名，今後難以在警隊立足，你等着看我的。」翌日午飯，師傅對我説，副指揮官的事，他已辦妥。原來早上他進副指揮官的辦公室，藉故閒聊，接着他指着掛在他左胸襟制服上的勳章，證明他的服務年資，是一名可靠的警署警長。我倒從來沒有想過勳章可作這用途，難怪社會名流，千方百計爭奪每年港督頒授的勳銜。他對副指揮官説：「千里為官只為財，希望副指揮官明白這道理，」又説：「明天上午，我會給你應得的報酬，希望你滿意。」副指揮官點頭認可。師傅離開辦公室。不到五分鐘，他再回到副指揮官辦公室去，送上 5,000 元（相等於副指揮官兩個月的薪金），副指揮官一邊接下，一邊詫異地問師傅：「你不是説明天上午才給我錢的嗎？」師傅答：「如

果這樣做，你要提防我，我也要提防你，乾脆馬上將事情了結。」之後他們相互握手，談笑甚歡。師傅真神人，啟我愚蒙，有師如此，我應該青出於藍勝於藍，可惜我沒有打算繼承他的衣缽，我本性善良，不喜貪污，只因自救，才投身濁流，拜師學「偽」。

第十二章

石硤尾的幾個月

一個多月後，指揮官召見，對我說，新建的石硤尾警署兩個月後啟用，任命我為新警署的副署長，「從今天起，你不再主管掃毒隊，着手籌備新警署的所有工作，包括開幕儀式、儀仗隊操練等等。」如界限街警察運動場上演甲組足球班霸級聯賽，也由我負責管理球場。接到新任命，我開始訂下工作時間表。每天朝九晚五，梳理千頭萬緒的新警署籌劃工作。

　　當年甲組足球聯賽，南華對巴士，東方對傑志，屬於班霸級大戰，吸引大批球迷捧場。提前一星期，我先到球場四周觀察並作出初步部署。在警署遍閱有關上級訓令，作好準備。球賽當天早上，我面見指揮官請示是否有新訓令，他說沒有。我再請示說，在界限街警察會球場的管理層，絕大部份是老外警官，官階比我高，我只是一顆星的見習督察，如他們發出命令，我該怎辦？指揮官簡單回應一句：「你是深水埗警區的指揮官。」我會意說：「謝謝，長官！」最後，他派他的副官，就是我師傅，在下午的球賽當值。

　　開賽前 20 分鐘，座無虛設，小山崗樹上和鄰近民居天台上也站滿球迷。我下令停止售票，球場四周掛上紅旗，表示滿座。

　　有一老外自稱是場地委員，是總督察級，他問我：「是誰下命令停止售票？」

　　我說：「是我。」

他再説：「你知道嗎，這麼早停止售票，會令球隊和賽會遭受金錢損失。」

我説：「場地的秩序和安全由我負全責，用不着你來管，我有權下令停止售票和關閘。」

他説賽後要我出席場地委員會解釋。我説：「你把召我去解釋的文件交給深水埗警區指揮官吧，我候着呢！」

球賽開始，還有約數十名球迷要坐在兩旁草坪上。我用相機拍下當時情況，以備後用。在球賽進行中，深水埗警署的偵緝主任（總督察級）要離開場地，使用球員和球證的專用通道，我剛站在通道旁，我不許他使用這通道並説：「這是球員和球證專用通道。」

他問我是誰，我説我是場地總指揮。他問我知道他是誰嗎？我答：「你是韓德先生（日後被廉政公署起訴，被法庭定罪的大貪官，綽號「爛鬼亨」）。」

他説有要事，要立刻找電話，「你阻攔我，你扛得起嗎？」

我説：「我扛得起！你真有急事找電話，不須走太遠，電話就在你的頭頂上！」我指向我的指揮亭。他悻悻然，用粵語説：「你好沙塵！」悄悄的從別的通道離去。

半場休息，我看見有一位穿上制服的外籍警官從遠處步來，師傅在旁低聲對我説：「你能把他趕離球場嗎？」我説，那要看他是誰和進入球場的原因。我問師傅為甚麼要趕他。師

傅説，沒別的原因，只想考考我的本領。我説：「不如打賭，如果我能把他趕離場地，下班後的消費，浴堂、按摩、晚餐、跳舞、夜總會，全由你來付；如果不能，所有消費歸我。」師傅説好。老外警官走過我們跟前，不瞧我們一眼，也不打招呼，我上前問他從哪兒來和進場的目的。他説，他是隸屬九龍衝鋒隊（Emergency Unit / Kowloon）巡邏車主管，來看看球場的環境。

我説：「我是隸屬深水埗警署的見習督察，是負責球場秩序的指揮官，現在請你立刻離開球場。」

他説：「這區是我管的，我有權進來。」

我説：「不錯，這區是由你管，但你管的是場外，不是場內。你知道嗎？九龍總區指揮官有訓令不容許穿着制服的警察帶槍進入球場。現在請你立刻離開，否則我將卸下你的警槍，交給你的上級作進一步處理。」他無言以對，紅着臉，快步離開球場。身後座位的觀眾，大部份是休班警員，拍掌叫好。

我望了師傅一眼説：「怎樣？」

師傅説：「真有你的，晚上消費，我付！」

當年絕大部份英籍警官，千里迢迢，來到香港這小小殖民地當見習督察，其文化水平、修養與學識都不高，但受到當年殖民地華人崇洋思想的吹捧，自視甚高，趾高氣揚。我升為警官將近兩年，其間和若干老外衝突，在所難免，他們將我恨

之入骨，先後有兩次，警告我說要小心，他日有機會坐 board（升級委員會），對我絕不客氣。我笑着回答：「你極有機會坐 board，但我會令你失望，因為是我已經下定決心不再升級！」又有一次，在警署警官餐廳喝咖啡（當年的分區警署都設有警官餐廳供警官使用，而餐廳的廚子也是警員，每月支薪，專責提供早午晚餐）。閒聊間，一位外籍督察，侃侃而談，說所有粵劇伶人和粵語片電影明星沒有修養、文化水平低、私生活糜爛，吸毒賭博，比比皆是。我沉不住氣，問他：「聽過荷理活華人女星關南施（Nancy Kwan）嗎？當年她和威廉荷頓在香港拍攝一套彩色電影《蘇施黃的世界》很賣座。」他說當然知道，更說很欣賞她的演技。我接着說：「她昨天抵達啟德機場接受傳媒訪問時，說了一句，『所有中國的電影演員，包括國、粵語片，其生活、藝術、修養和行為只是比酒吧女略高一線。』」他聽了起初認同，在場的幾位督察已然露出會心微笑。幾秒鐘之後，他臉色突變說：「Mr. Ip，我不喜歡開這樣的玩笑！」我和其他的警官當然知道原因，他剛娶的老婆是國語片三流明星！我再次開罪了老外，又樹一敵。

石硤尾新警署的籌備工作，千頭萬緒，須處理的事小至傢具、日常用品，大至警力預計、警區界限、分段巡邏區域、武器彈藥數量，以及一旦發生緊急事故，警署防衛崗位的佈防，還有警署餐廳承辦商招標、開幕禮步操練習及邀請主禮嘉賓、

出席嘉賓等。雖然有一名警長、一名警員協助，如想辦事順利，穩妥快速，須要把人事關係升級，交際費在所難免，這重任就落在我身上。新警署配備有三套花園洋房式警官宿舍，建築在警署的後山崗，環境幽雅。每間約 1,700 呎，分三層。老外署長選二樓，偵緝主任住三樓，我只能住在一樓，窗外是一大片草地。比起我結婚時租住的 200 呎房間，實在是天壤之別。當年的見習督察，若論資排輩，我沒有資格享用警官宿舍，純是因為我的工作崗位是警署的副署長，才優先配用。

入住副署長官邸，地方寬敞，傢具可自行選擇，由政府貨倉提供，費用全免。水電、煤氣、廚具、廚櫃、浴室設備，一應俱全。居室顏色，可在規定的色表內自由選擇，由油漆工匠上門服務。如自選顏色，可獲同等服務，但條件是在遷出時要自費復原。居住期間如有任何設備損毀，甚至一顆螺絲釘鬆脫，也可以電約政府貨倉派工匠到府修理。我當然不會濫用權利，偶然和工匠們閒談，他們說：「長官，事無大小，我們歡迎你來電，這樣才有機會出差。」每一所警官宿舍，都配有泊車位，費用已包括在宿舍的租金之內。每月租金約為月薪百分之八。順帶一提，1958 年升級後，買了一部二手柯士甸小房車。投身濁流之後，錢來得易，便每年都換一部簇新的小房車，除了代步外，也表示我是濁流中的要員，夜夜笙歌，互換圈內人事情報。交際手段要八面玲瓏，更常有舞小姐們周旋其間，

倍添氣氛。

　　經過數場足球聯賽，我對維持球場秩序、管理和控制人群有較深認知。我懼怕一旦有球迷滋事，如不能立刻作出恰當處理，可以演變為星火燎原之勢。一次，指揮官到球場視察，要我彙報工作情況。我將我所擔心的事告訴他：以每場球賽只有20餘名警員當值，作正常維持球場秩序可算足夠；假如發生意外，後果堪虞（當年球場四周座位是用鐵架作支柱，上鋪木板，如有意外發生，球迷走避不及可能互相踐踏，死傷必眾）。或者遇上球迷滋事，場面失控，警力實不足以應付。」指揮官答應考慮，作出改善。

　　經改善後的第一場球賽，我事前接獲通知，知道九龍總區指揮官今後會在每場大型球賽，都將派一名總督察到球場當值，另安排機動營一連藍帽子部隊在附近警署候命。記得當年南華對傑志一場錦標賽，哄動全城，門票早已售罄。附近山頭、樹幹、民居天台均為球迷佔據，當年香港還沒有電視，市民只能從收音機收聽電台現場講述。開賽前兩小時，我首先到達球場，從各警區抽調而來的警員，數量是以往球賽之倍數，他們列隊等候我的訓示。一名穿制服的外籍總督察隨後而至，我知道他就是今天球賽當值的總督察。從新的訓令上，我很清楚和他工作上的劃分。球場上的一切正常大小事務由我統籌。如有突發事件，如球迷滋事，失控而引起騷亂，交由他處理和指揮。

我向他行軍禮，自我介紹，他說不用介紹，早聞我的大名。我也知道他的過去，在未升職為總督察前，是我曾經開罪一眾老外名單上的一員。我開始對警員們集體訓話及調派工作，老外在旁聆聽。訓話完畢，我示意各就崗位。

我和老外上指揮塔，給他簡介球場的形勢，各球會的聯絡站，球場崗位的分佈圖，球場當值警員是從各警區抽調而來，他們的小休時間分配等。球賽將完上半場，我返回指揮塔，說：「長官，辛苦啦，你要去小休嗎，或去會所餐廳喝咖啡？」他點頭離開。下半場球賽開始約 20 分鐘，他回到指揮塔，我們閒聊一會，我便離開指揮塔去看看下屬們的工作，囑咐他們作好散場時的準備，大批球迷在同一時間離場，我們更是要注意是否有「扒手」出沒。我到球員和球證更衣室巡視，再到他們離開球場的出口，看看我預先安排的警員是否已經到位，他們是專責保護球證和球員的安全，令其不受到擁躉們的騷擾。

球賽完場後約半小時，我步回到指揮塔，在草坪上，我看到我的下屬紛紛上車，老外總督察在指揮，此事不尋常，我問警長：「是誰下的命令？」警長指向老外，低聲說是他。

我問老外：「長官，是你下命令讓他們上車嗎？」

他答：「不讓他們上車幹嗎？他們已經站了半天，很辛苦了。」

我喝令所有警員：「快快下車列隊，聽我訓話。」

我對老外説：「球賽雖已順利完場，沒有意外發生，你可以離開，但你不能下命令讓他們上車。深水埗警區指揮官有訓令，在球證和球員未全部離開賽會，擁躉球迷未全部散去，警察絕不能收隊離場，何況我還須要對他們作散隊前訓話。這次是你失職，如不相信，回去找訓令看。」

　　他還站着，我再説：「長官，你是不是還要聽我對下屬的訓話和檢討今天的工作？」

　　我回到列隊前，問下屬：「有沒有特殊事件發生或安排有不足處向我彙報，如外圍賭賽果、罪案等？」他們沒有回音，我才下令解散，上車，收隊。我回頭，老外已失去影蹤。我不是刁難上級，而是不習慣他高高在上，自以為是的工作態度。

　　入住新的官舍，我有了自己的黑房，沖洗膠卷，放大相片，樂此不疲。在深水埗警署接受最後一次由九龍總區指揮官每年度例行巡視，總區指揮官在區指揮官陪同下，召見個別警官談話，最後才見我這一顆星的見習督察。區指揮官先行介紹説：「雖然這個年輕警官仍在接受反貪污部對他的誠信調查，我認為他的工作能力強，思考縝密，所以我極力推薦他，出任快將啟用的石硤尾警署為副署長。」總指揮官看了我的檔案説：「年輕人，珍惜你的仕途，Don't burn your finger（不要自找苦吃）。」我謝謝長官的忠告。

　　在出任石硤尾警署副署長前數天，師傅提醒我：「不怕

官、最怕管，你要敲開副指揮官的大門。」師傅說得對，我旋即請他給我敲門，師傅說凡事要親力親為，能有首次面對面交易，以後辦事很方便。囑我稍等，待他從副指揮官寫字樓出來，點頭示意，我才進去。不到三分鐘，我敲門晉見副指揮官。說開場白：「這次我能夠出任石硤尾警署副署長，你給我幫忙很大，同時在過去數月，給我很多啟示，請告訴我你需要些甚麼禮物？」他想了想說：「一隻歐米茄天文台金錶。」翌日早上已將事辦妥，如果我靠薪金去買錶，四個月的工資也不夠，又一次為他人作嫁衣裳。

新警署開幕典禮，由師傅指揮警隊演出步槍操，警察銀樂隊派出風笛小隊帶領，我陪同主禮嘉賓黃伯勤太平紳士檢閱儀仗隊，出席觀禮者有指揮官和一眾街坊首長。禮畢，指揮官陪同黃太平紳士巡視新警署，我在旁作翻譯。酒會後各自散去，我陪同黃太平紳士回到他的座駕，替他把車門打開，送他上車，揮手作別。迎送生涯，雖然俗套，也必須勉強為之。

石硤尾警署管轄區域不大，但包括全港最大的徙置區，大坑東和石硤尾，人口眾多，品流複雜。雞冠山上，毒窟、妓寨、賭檔林立，野草燒不盡，春風吹又生，我無能力將之趕盡殺絕，原因是上有署長和偵緝主任，加上深水埗警區探長，探頭和一眾探員，副指揮官和署長等，我怎能斷了大家的財路。惟有見步行步，日夕站在刀口邊沿，隨機應變。師傅是指揮官的隨身

1961年石硤尾警署揭幕典禮上，年輕的葉愷警員（左一）陪伴主禮嘉賓黃伯勤太平紳士（左二）檢閱警隊儀仗。

副官，善於揣摩上意，給我暗通消息。

深夜 2 時，一警目 CCC 君來電話把我吵醒，説有要事相求。我們在舞廳認識，當時他隸屬反貪污部為探目，最近調職深水埗警署軍裝部為警目。我答應，請他 20 分鐘後來我家，詳述如何在反貪污部任職期間遭到誣陷，以致被燉冬菇（調回軍裝部）。他收到消息，有人出重酬託我師傅將他「打鱗擠膽」（降級或革職）。想起兩年前，我也有類似遭遇，孤掌難鳴，不得不拜師，從此投身濁流，至今仍被反貪污部調查，於是仁心大發。我還未決定出是否手相助，我希望他能夠交心，確認他不是反貪污部派出的臥底。鑑貌辨色，我相信他的話。他再説：「如果你不出手相扶，與其被革職，不如遞信辭職。」我問他，辭職後有甚麼計劃？他説會去美國投靠台山的鄉親，另謀出路。最後我安慰他靜候消息，我可以成為他的「頂爺」（保護傘）。就這一夕話，竟然間接造就了警隊一名出類拔萃的貪污探長！

翌日下班，和師傅驅車到沙田酒店茶敍，我告訴他昨晚和CCC 的談話，請他放棄出手對付 CCC，我説這警目還有剩餘價值，其人有謀略，我願意作為他的頂爺。師傅沒有即時答應，但也遲遲沒有出手，證明他已默許。一次，我和師傅在總華探長俱樂部玩牌，聽到總華探長咆哮地把 C 君轟出會議室，見到他竟然面無愧色，一直站在長廊獨自耐心等候個多小時，待

總探長怒氣稍減，重返會議室！我在想，我的忍辱能力遠遠不及他。餘下的日子，我和他經常接觸，發覺他能將各個探長的長處融於一身：隨和、深沉、洞燭先機、先賠後賺、有信用、吃虧是福。我們打麻雀三缺一，他隨傳隨到，為長官們湊興；玩了一陣子，他會向長官們賠不是，說要離場辦事，找來俱樂部唯一的侍應頭兒替代他陪我們玩牌，說贏錢是侍應的，輸了算他的。其他吃喝玩樂，只要他知道，一定在最後時刻趕來湊合和結賬。他把警務工作作為一盤生意來經營。他出手高，女友多，更隨時可以讓出女友給長官們陪酒。

我暗裏查明石硤尾警署署長和偵緝主任每月的收入，他們比我多，而支出較我少，這不合理。為了達到收支平衡，我得想辦法。首先，透過收租佬通知撈家們，說我體恤他們開支大，經營日益困難，願意將我每週的片（黑錢）減半，以維持他們的生計。收租佬摸不著頭腦，對我說：「長官，我幹這行十幾年，從沒聽過警察自動減片。」

我說：「不要問，按我的意思去辦。」一天後，有了反應，撈家們派代表見我，謝了我對他們的關懷，問我減片的原因。

我說：「我對你們時刻關心，而你們對我有同樣關心嗎？我入不敷支，你們知道嗎？你們碰上困難，事無大小，都來找我，為甚麼不去找老外署長、偵緝主任？警署見不得光的開銷，誰付？我之所以能在眾多競爭對手中出任新警署的副署

長，背後的原因，你們有替我想過嗎？」

第二天，經理人回報說：「長官，你真行，你用甚麼招數能使撈家們心悅誠服，倍數付你？」

我說了八個字：「曉以事理，以退為進。」

深水埗警署新來了一名女警官。指揮官來電告知我，因為深水埗警署是座老建築物，辦公地方狹隘，不敷應用，加上男警官們對她如蠅赴蜜，所以暫時將她安頓在我的辦公室，但她的編制還是隸屬深水埗警署。我命內務警長找來桌椅，安頓好位置等候她的來臨。見面後，我以師兄身份和她寒暄幾句，介紹警署的環境等等。兩三天後，彼此稔熟，她有空也幫我處理些文件，談些她的往事。再幾天，我出席指揮官召開的例會，署長級以上的警官均須出席。散會後，一名女警長等候着我，暗裏對我說：「長官，Madam 的片希望你能給她安排。」下班後，我領女警官到我家裏，介紹我太太和給她認識，當我們談公事，太座避席。我把女警長對我談有關她要片的事，是否出於她的主意，她點頭。我說：「妳是隸屬深水埗警署的警官，應該由該署的掌門人分給妳一份。不過，如果妳需要，我也可以替妳安排，反正錢是外來的，但妳必須穿上警服和我一起找機會在石硤尾警區亮相。」她點頭。翌日，我和她坐上警車在區內作例行巡視，停車在雞冠山上指點江山，俯瞰兩大徙置區，然後返回警署。以我的實力，給她開一戶口，輕而易舉，

慷他人之慨，何樂而不為。經此一事，我認定她非常適合在當時的警隊發展，前途一片美好。她是第一位也是最後一位女警官主動向我開口要片的人。我沒有丟眼鏡，數年後，她升職極快，為警司葛柏手下的一員悍將。

聖誕節將臨，我問副指揮官喜歡甚麼禮物，他不假思索，乾脆說："Cash is better（現鈔最好）！"此情此景，快人快語，至今仍盤繞腦際。

在一所分區警署任職副署長，工作輕鬆，警署設在山崗上，來報案的人不多，其他工作，均能應付自如。我把部份精力放在新警署的環保上，整座樓房，包括報案室、羈留所、槍械庫、警員飯堂、宿舍、洗手間等地方，均要保持清新整潔。吩咐內務警長要勤加監督雜工們的工作，花圃要灌溉，清除雜草。我常加賞賜，使雜工們勤於工作。指揮官是愛潔之人，投其所好，可以獲取信任。副指揮官也常到警署視察，在我的辦公室品茶閒聊。一隻金錶，建立了一段友誼，值得。某天，師傅來電話，問我近來有沒有去攝影。我說有空就去，他再問，有沒有再拍雞冠山？我感到所問不尋常，他繼續說：「深水埗區探長收到消息，說深水埗警區指揮官將一卷黑白照片送交警務處長，內容有關毒品、毒販在區內活動詳情。」我說師傅請放心，告訴探長，這是三個月前我幹的好事，這事早已過去，但我們絕不能掉以輕心，要提高警惕。從這事看，探長的線眼，

滿佈四方。

　　警員晉升伍長的推薦期快到，在 50 餘名警員中選士，如要認真，負責作選士推薦，有一定的難度，首先不要相信別人的推薦，更不能受賄，如願意受賄，推薦之事當然易辦，價高者得。我要暗中觀察選拔人才。我命令每隊的主管警長，在下班後回收所有警員日用的記事簿交給我，在下次上班時向我取回。收到他們的記事簿，我開始工作。從記事簿中的記述，可知他們是否忠誠地執行職務，如對可疑人查問，搜身，發出告票，拘捕疑犯等，如所有日常工作絕大部份是在上班後第一二個小時，或下班前一兩個小時進行，那可以推定這警員是敷衍塞責，其餘六小時，他在幹些甚麼？正常情形下，應該每小時都可能有事發生。如將他們發出告票的編號和警署內的告票登記冊編號互對，便會知道時有造假。一名忠於職守、勤於服務的警員，他的記事簿上會出現在不同的時間，不同的工作記錄。最後，加上我平時的觀察，我向署長推薦了八名符合條件的警員。至於他們是否獲得進一步推薦，那要看他們的運氣和造化。當年升級，大部份是用錢買回來的。想當年，我在邵氏工作，已下定決心，絕對不會花一杯咖啡、一客牛排或用錢送禮買官。結果我同樣能成功達到升級目的。

　　轉瞬間在石硤尾警署過了八個月風平浪靜的日子，又到了九龍總區指揮官在深水埗區指揮官陪同下，到石硤尾新警署

作首次例行巡視。他先見了偵緝主任和署長，最後是我這名一顆星的見習督察。行過軍禮，區指揮官簡略介紹我的工作成績並稱許我是一位稱職的副署長，總指揮官看了看在檔案上的評語，接着說：「石硤尾區人口眾多，品流複雜，藏垢納污，你要好好珍惜仕途，don't burn your finger, young man.」又是這句話，不知怎的，我突然內心冒火，說：「長官，同樣的話，在九個月前，我已在深水埗警署聽你說了一次，反貪污部對我的誠信調查已達兩年，仍未給我機會作出申訴，平反昭雪，如果有證據，可以立刻將我送上法庭受審，如果沒有證據，長官，請你閉嘴（keep your mouth shut）！」對一位比我高六級官階的助理警務處長，這句話我脫口而出，在旁的區指揮官表情錯愕，我追悔莫及。總區指揮官對區指揮官望上一眼，說：「一星期內，安排這見習督察離開深水埗石硤尾警署。」指揮官只能點頭。三天後，我接到區指揮官的通知，將工作移交新任副署長，我被調職至九龍 999 警察控制中心，他對我說，命令就是命令，愛莫能助。

消息來得快，散播也快，當天下班回到宿舍，一眾撈家在大廳裏等候着，我愕然不知他們弄甚麼鬼。撈家代表說，知道我很快就要離開石硤尾，要送我一點小禮物，答謝我過去幾個月對他們的照顧。

我問他們：「甚麼禮物？」

他們不答，我再問：「是金牌嗎？」當年習慣，父母官離任，蟻民要送上金牌。他們點頭。

我說：「你們是否發神經？還是嫌害我不夠深？金牌會替我帶來無窮禍患，作為反貪污部對我起訴的罪證。」

我想了一會，不讓他們留點甚麼給我作禮物，他們是不會離去的，心念一動，套用副指揮官的話："Cash is better!"

他們互望了一陣，代表人提高嗓子說：「長官，說得好！痛快！」不出一會，桌子上已堆滿鈔票。

繼之而來，警察總部宿舍組通知我，要我另覓居所，將宿舍移交接任的副署長，理由是我的官階服務年資仍未達到入住警官宿舍的條件。我向警察福利會求助，基於經濟條件，很難找到理想居所，對遷出宿舍可能遙遙無期。入住時，我沒有簽下合約，更沒有人告訴我在離開副署長職位時要交回宿舍。我深信警隊不會強行將我逼遷，令我流落街頭或住在立交橋下，鬧出天大笑話。果然不出所料，三天後宿舍組給我安排另一宿舍，在港島西營盤警署側。我不喜歡住港島，說我年邁的母親不良於行，她習慣住在九龍；基於中國傳統孝道，如能給我安排九龍區宿舍，我樂意交回石硤尾警署宿舍。幾天後，終於將位於太子道的九龍警察總部兩幢老建築樓房（即現在旺角警署後的兩幢樓房，至今仍未拆卸）的其中一單位配給我為宿舍，樓房雖老，但很寬敞。999 控制中心剛好在我的宿舍後方

三樓，底層是九龍衝鋒隊總部，我步行上班不需一分鐘。我喜歡老房子，利用梯間的雜物房改裝成我的黑房，假日常流連其中，自得其樂。

第十二章

從 999 到水警

九龍 999 控制中心編制有督察級警官五名，老外任台長，其餘三位輪班當值，一位頂替每週放例假的警官，其餘時間出替衝鋒隊放例假的警官。警長、伍長四名，男女警員共 20 名，都是紅膊頭略懂英語或其他地區方言。每日分三班，24 小時當值，接聽市民求助電話，指揮巡邏車快速抵達現場，處理突發事件。閒來無事，各人在崗位上讀書、看報，如有大事發生，全體動員，應付上級查詢，傳媒諮詢，聯絡各有關部門，派員支援等等。

　　上班三天，我察覺到有可疑跡象，每次有事發生，傳媒都首先知道消息，比警察更快到達現場，經我調查，發覺在控制室內有員佐級警務人員收受利益而引致。我暗裏召集四位警官開會，我強調收受傳媒些微金錢利益，遲早會出事：「我們要設法制止，割斷他們與傳媒的關係。999 控制中心的權力可媲美任何警區，各位如對我信任，我絕對有能力向九龍各區撈家提出條件，分一杯羹。」會議結束，四位警官一致同意交我去辦。我不是喜歡貪污，但既處身濁流，一件是污，兩件也是污，我要顯示能力，找些外快作不時之需。就算 999 不貪，黃賭毒依然存在。

　　於是從探長，探頭入手，談及 999 控制中心，希望各區探長，加以援手，對區內撈家們美言幾句，省我時力，使我有更多本錢和時間與各位探長們打麻雀。事情就這麼定下，第二

天，我和 CCC 談，並借用他的首席頭馬，代表我和撈家們談判，如有任何人不相信 999 有強大威力或不就範，999 可以在指定時間，指揮三部以上巡邏車在他們的檔口附近出現。結果一切進行順利，毋須出動巡邏車。從此，我為九龍 999 開先河。由於各區探長、探目賣賬，幫我説話，加上涉及的警官數目不多，只有五位，而且我開出的條件，不計多少，有就行。事情辦妥，我要照顧下屬福利，也要維持上級尊嚴，我絕不會將錢派給他們，更何況我沒有用他們的名義去套取金錢。從此控制室的茶水間有足夠的咖啡、茶、牛奶、餅乾供應，值夜班的更有三文治或快遞夜宵享用。每天有報販送來報紙雜誌、週刊、月刊供他們閱讀。當年 999 每天所接求助電話不多，除了天災、颱風、塌樓、大火、行劫、警匪槍戰需要全體動員外，其他工作很清閒。控制室大門長關並上鎖，上級到來巡視，須按門鈴或事前知會，我們有足夠時間將控制室清理整齊。每月開銷，不須下屬們分擔，悉數由我支付，有女警員問我：「長官，你的錢從哪兒來？」我哼着歌兒唱：「不要問我錢從哪兒來，我的金庫在遠方，在——遠——方⋯⋯」

當值夜班（23:00-07:00）時，求助電話更少，只是寫上值勤的巡邏車並每 15 分鐘報上他們的位置。我容許屬下們看書進修或下棋，但絕不容許他們睡覺，下班前將未辦完之事交由接班人處理。當年 999 電台設備簡陋，沒有 24 小時錄音或

錄像設備，更沒有電子地圖，一切靠腦袋或圓珠筆記下；任何人撥打 999，接聽的警員須將電話線扣起，以便追查虛報者身份，直至證實不是虛報，才將線解除。這事讓我想起年前我在花墟球場指揮塔當值，遠見山邊木屋區起火，我馬上用指揮塔上唯一的電話接通 999，我把木屋區火災的事上報，並強調不要扣上我的電話線，我報上我的階級、職位、姓名及繼續使用電話的重要性，但仍不獲接納。當年手機還未面世，唯一聯絡的頻道被扣線，我只好繼續欣賞球賽，餘下有關火災的事，讓 999 同袍去辦。

上夜班的時候，工作清閒，偶爾帶上在黑房放大的黑白照片，把相片上的小灰點修補（在洗膠卷時不慎或膠卷待乾時受塵埃污染所引致），經裝裱後參加攝影學會月賽，或投寄世界各國攝影沙龍大賽。屬下們有機會先睹為快，更有女警看上我所拍的模特兒照片，開玩笑說，希望我也能把她拍出比模特兒更吸引的沙龍寫真。

九龍衝鋒隊有警官放例假，999 電台警官要接替其工作。我第一次出替，當上巡邏車主管，車上有一警長及四名警員，凌晨 2 時，巡邏車停在旺角一橫街，一警員下車分餘鐘再折返車上，警長與該名警員也不向我彙報原因。約 15 分鐘後，巡邏車駛返原處，我看見有一男子攜着提籃在等着，我問警長：「幹嗎？」警長笑着說：「長官，這是我們的夜宵。」我也笑

着吩咐提籃的男子在警車旁擺設桌椅。我與警長，警員圍桌共進夜宵。吃過後，我請「老闆」結賬。「老闆」笑着説：「長官，我請客。」我搖了搖頭，放下十元紙幣一張，與同袍上車離去。當年雲吞麵是八毛錢一碗。

返回車上，我命司機把車開往僻靜的歌和老山，把車停下，我開始對他們講話：「14 歲時，我在廣州幹小擺攤檔，深深體會到小販生涯不易為。1949 年冬，我來到香港，50 年代初加入警隊為警員，經過八年的自學奮鬥，晉升警官。剛才你們的所作所為，我絕不能容忍，小販掙錢很辛苦，胼手胝足才能維持基本生活，何忍令他們百上加斤。今後，有我在，絕不容許『托水龍』（不付錢）！」事後我想，一名警官帶着五名穿警服的下屬，在警車旁擺桌共嚐雲吞麵，如有市民投訴或被上級看見而將我作紀律處分，我用上述理由作解釋，誰會相信？個性使然，又一次不按常規辦事。

999 控制中心和九龍衝鋒隊歸同一位警司主管，其職銜為九龍總警區參事官。他知道我們開了財路，向我發出消息，要我們每一位警官，每週向他奉獻，無奈，只可服從。從此，每週例見，送上紅封包，可保平安。他知道我是掌舵人，對我需索更多。某次會面，他説這季的 GO 聯歡會﹝警司階級或以上警官，統稱為 Gazetted Officer（憲任級官員）﹞，他是東道主，要我在尖沙咀漢宮酒樓貴賓室訂一桌十座位，問我可否

代辦。半小時後，我向他回報說，事已辦妥，用的名字是黃安先生，所有消費賬單由我付。他聽了，立刻站起向我行軍禮：「謝謝。長官！」一位憲任級警官竟然向下屬，一顆星的見習督察敬禮？我心裏暗罵，GO 的尊嚴去了哪裏？

九龍衝鋒隊的主管（OC / EU）是一名外籍總督察，一次，他偶作考勤出巡，報上車號官階，我在電台當值，接了他的信號，把時間地點記錄上。他問我，3 號車，上次報告的地點和時間，我按記錄回答，他再問車號 7、8、10 和 12 上次報告的地點和時間，我如實回答。隨即他在電波中公然點名責難我，說我玩忽職守，不按本子辦事，隨意讓他的下屬不按規定，每 15 分鐘上報上所在地點。控制室的主管是老外，剛巧也在旁聽着，他的階級是督察，比衝鋒隊的主管低一級，他無奈地對我扮鬼臉。我氣極，一分鐘後，我找到九龍總警區指揮官的訓令有關衝鋒隊主管的職責。我拿起麥克風，用英語以默讀速度呼喚所有當值的巡邏車，包括衝鋒隊主管，要細心聆聽我的訓話：「我是電台控制室當值主管，現在我把九龍總區指揮官有關九龍衝鋒隊的訓令第 3 號唸給你們聽，我假設你們的主管沒有，或忘記把訓令第 3 號對你們作出訓示，所以你們不知道每 15 分鐘須要向電台上報所在地點。從這刻開始，你們，包括衝鋒隊主管，一定要在每隔 15 分鐘上報位置，違者我考慮將他作紀律處分起訴。OC / EU over, Car 3,7,8,10,12, over.」各車一一回應。老外台長在旁哈哈大笑,對我豎起拇指,一起當值的下屬也會心微笑。不到 20 分鐘,控制室門鈴響起,警員在門上小孔看見穿上制服的衝鋒隊主管,警員開門,老外汗流浹背,氣急敗壞地衝進來説:「Mr. Ip,我不喜歡你這樣做。」我起立説:「長官,我這樣做是協助你教訓下屬,你應該謝我。你要弄清楚,我身為電台當值主管,首要職責是服務市民,其次才代你管理下屬。如果你是稱職的主管,你的下屬應該清楚知道每 15 分鐘要上報電台一次,這樣就沒有今天的不愉快事件發生。如果你認為我剛才的處事方式有不當之處,請你對我作出紀律處分,或向我們的共同上司,九龍總警區參事官參我一本。現在,我不想互相糾纏,請你離開控制室,不要妨礙我的工作。」老外帶着仇視的目光悻悻然離開。我這樣做,除據理力爭外,還帶點恃勢凌人,不要忘記,區參事官曾向我行敬禮。下班的時候,我步返宿舍,碰上衝鋒隊山東籍警員們,齊聲用帶山東口音的本地話對我説:「亞蛇,你好嘢!」

　　颱風襲港,得到上級的批准,一眾傳媒進駐 999 控制室,看我們工作,電台主管向他們簡單介紹電台設施、工作程序等等。適逢我是當值台長,我把實際情況展示給他們看,首先,我對屬下作出簡短訓示,既稱簡短,我只強調冷靜兩字。我説:「在颱風襲港下,市民來電頻繁,報案求助的聲音急速、恐懼,

你們要保持冷靜，寧可多費幾秒，也要聽清楚地址，以免把地址弄錯，一旦地址出錯會構成嚴重後果，延誤消防和支援部隊的救援。」颱風正面襲港，十號強風信號高懸，求助電話鋪天蓋地，六條999線路迅速被佔滿，而街道上的巡邏車呼喚不絕，電台雖倍加人手也不能迅速將求助信息傳送到支援部隊。我們只有盡所能將人命傷亡、財產損失數字減至最低。經此一役，警方檢討，以後再遇嚴重事故、災難等等，在港九新界三大警區，各設立軍警聯合行動指揮中心，救援工作，才得到極大改善。

我的六個月999電台生涯，在1963年夏季終結。大陸同胞紛紛從海陸兩路湧進香港，水警總區擴大領域，欠缺管理層，我和數名督察被徵調至水警總區駐防；在此之前，水警、陸警很少對調，自從成立了官學生制度，督察級人員才開始互調。我不知道是否合適海上的生活，而我很天真地相信在水警警區較少有貪污機會，我企盼着能早些離開濁流，找回自己。我喜歡海，更愛攝影，以為可以攜帶相機上班，追蹤各島嶼、村落、海鷗、落日，潮起潮落，隨意游泳。

水警總部設在尖沙咀山崗上，現址為 Heritage 1881。報到當天，和各上級見面，最後謁見綽號「眼鏡蛇」的外籍水警總指揮官。行過軍禮，他賜座，開始訓話，説：「水警不同陸警，生活和執行任務須整體合作，講團結。你身為他們的上級，

處處要為他們的福利着想，和諧要擺在首位。水警輪船是警隊的寶貴財產……」訓話完畢，我離去找衣櫃，把裝備安頓好。下午，在辦公室看有關的訓令，區域劃分，水警編制和認識輪船專用的手號、旗號等等。

翌日，跟隨資深警官在港內巡邏，熟習環境。隨後，被派在港外分區作 24 小時巡邏，警輪上有兩位持有駕船執照的警長，輪班開船。有四名警員分班充當水手接收摩士電訊，一名廚師隨船提供膳食。我是位高而外行的指揮官，一切聽警長的安排。當然決策仍是歸我。過了兩星期，我被派往體積較大的水警輪在港外遼闊的水域值勤，船上有兩名督察（我是其中之一）、三名警長均持有駕船執照、若干名水警隨船當值，他們大部份都能操控飛電（用摩士密碼收發電訊）。我是唯一的外行見習督察，職責是防偷渡、走私、檢查船隻及執照等……留在船上三天，每天輪班當值八小時，下班仍要留在船上。船上設有狹窄的床鋪供休班員佐級使用，警官的臥室也只有細小的吊床兩張，其他休憩空間只有狹窄的膳堂。休班的可以看書聊天、玩紙牌或下棋，船長臥室設有極其狹隘的浴室和廁所。兩名廚師，一名是專責侍候警官中餐或西餐，另一名負責員佐級中餐。船上共約十餘人，氣氛融洽，警長警員每天把輪船內外打抹清潔。輪機房由三名技工專責。

當年手提電話還未面世，當值三天，通信與世隔絕，如家

六、七十年代香港水警輪 15 號執勤

庭有事故發生，家人須經由水警控制室或由 999 轉達。報紙欠奉，偶爾會由供應食物船帶上，或經控制室批准，船靠岸購買日用品時，一起購買。遇到天氣驟變，風高浪急，全體船員作好應變。有經驗的水手把船迎浪行駛，使輪船前後顛簸（水警們稱之為「拜神浪」），情況還算好受。如果浪從船的左方或右方打來，一般稱之為「橫浪」，不嘔吐者稀矣。在船上當值三天，休息三天，驟耳聽來還算不錯，其實是三天加上上班、接班，及下班時間約八小時，即共用去時間是 80 小時。休息三天扣除接班及下班八小時，實得 64 小時。陸警每星期工作六天，每天八小時加上上下班各一小時，共 54 小時，另有每星期休假一天，即七天共上班工時為 54 小時，休息時為 114 小時。而水警三天工作 80 小時，三天休息 64 小時。按此計算，水警工作時間可算甚長。在每季開福利會時，我提出三天 day-on、三天 day-off 極不合理。但上級認為三天 day-on，只不過工作 24 小時，而我認為三天 day-on 是 72 小時工作，上級要我作出解釋，我說：「整整三天 day-on，下班仍得留在船上，沒有私人生活空間，失去和家人朋友聯絡，加上住宿及休息地方狹隘；再者，遇上突發事件，全體船員出動，這算不算是當值？」50 年前的警隊，一名職位低微的見習督察所提出的問題，上級會重視嗎？加上水警給我的印象是淳樸、敦厚、服從性強、樂天知命，又怎會提出要求？若干年後，水警

才改制為出海值勤三天，休息四天。

　　經過三個多月的水警生涯，我認識到初來時的想法太天真，以為在當值時可以隨意攜帶相機，在海上追逐海鷗，觀賞波浪，在離島村落拍攝日落日出。一名有責任心的警官在值勤時，哪有心情去做我所想的事，更何況下班休息都被困在船上。我開始漸萌去意。水警總指揮官是一位精明能幹，不容易相信人的人，更不喜歡下屬要求離開水警，請求調返岸上。他習慣召見初來的警官作出勉勵式訓話，在三個月後他再次召見同一警官，顯出無限關懷，詳細詢問對水警工作和輪上生活能否適應，這是他的一貫伎倆。絕大多數的華籍警官都趁機要求離開水警，所取的理由都離不開暈船浪，強調身體虛弱、嘔吐、不思飲食、難以入睡……　總指揮官用心聆聽，露出憐憫的神情，最後他才說：「今天，我看你的臉色很好，身體健康，如你剛才所說是真話，你應該臉帶病容，憔悴，在放病假，甚至住進醫院。你在水警服務已三個多月，你自己不察覺，其實你經已適應了海上的生活了，請退下。」

　　我開始部署怎樣離開水警。首先，要把準指揮官的脈搏，找到足以令他入信的理由，使他不能不批准我的請調。我扮演熱愛水警的工作，和同僚相處融洽，更不懼怕風高浪急，沒暈浪的毛病……　如是者耐心等候總指揮官的召見。時機來臨，我以最佳狀態行軍禮，總指揮官垂詢甚詳，我說我喜歡並已

水警在香港海域執行緝私任務。攝於 1971 年。

經適應海上生活，對水警的工作很感興趣，和同僚們相處融洽……總指揮官臉露微笑，看了我的服務紀錄，勉勵說，年輕人，好好的幹，機會是有的。最後他問我有沒有其他的問題，我說：「長官，回憶首次你接見我的時候，曾對我說，水警是群體生活，上級首要的是顧及屬下的福利。現在我有解不開的心結，希望你聆聽後，給我指示。我結婚已三年，妻子是獨生女，沒有兄弟姐妹，中學畢業後就和我結婚，從未有在社會工作經驗。我們婚後生活很融洽，但自從我調來水警，離多聚少，她孤單一人常呆在偌大的警官宿舍，三天也看不見丈夫，也不能通電話，常問我甚麼時候才能離開水警，返回陸上。我不能給她一個切實的答覆。一個多月後，她告訴我跟鄰居的太太們學打麻雀，我說，只要不是賭博，稍為玩玩，也可以消磨時間。再過數星期，她愛上打麻雀，賭注越來越大。長官，你看我應該怎麼辦？」長官問我是不是想離開水警？我不立刻回答是，恐怕墮下他設的陷阱。我說：「不是，我應該把工作放在第一位。我自己的事，讓我自己解決。」指揮官說：「好，如事件解決不了，隨時來見我。」我謝了，行禮離開。

數星期後，經過三天值班，我從海上回來，拖着疲乏的身軀，求見總指揮官，行禮畢，我說：「長官，我無能，解決不了自己的家事，發覺當我上班的時候，太太和朋友常去澳門，我不願揭穿她去澳門的事，我仍希望能保持美滿的婚姻，和諧

的家庭，一旦鬧翻，婚姻出現裂縫，難以彌補。長官，你看我該怎麼辦？」指揮官略為停頓，示意我在室外等着。幾分鐘後，他召我重返辦公室，告訴我，三天後早上，向黃大仙警區的指揮官報到！我的計劃已經實現，但仍耐着性子，不敢稍露喜悅之色，謝了總指揮官，説：「我代表我的妻子感謝您，您是一位仁慈、能照顧下屬的長官，有機會願意再在你麾下工作。」他揮手讓我離去。

在無奈的情況下，自編自導自演了一齣戲，令一個不容易相信人的人，相信了我。我對我的演技是蠻有信心的。總括七個月在水警輪執行職務，我們也拘捕了若干名偷渡入境的同胞。基於是整體工作，我無能力將他們擅自釋放，但我從沒有主動下令搜船，拘捕同胞。

第十四章

從黃大仙到警校

1964 年初春一個早上，我開車到黃大仙警署先向署長報到，無巧不成書，在我眼前出現的老外署長（總督察），竟然是 1952 年我在九龍城警署共事掃毒隊的見習督察。我們在門口碰見，行禮畢，他第一句話用英語說：「Mr. Ip，請你將我當年所說的話徹底忘掉。」我反應快，立刻用英語回應，指着停車場那邊：「你有和我說過話嗎？長官，請看看我剛買的新車，墨綠色的中型 MG，桃木錶板、真皮座位。」他為甚麼在 12 年後首次再見，即強調要我徹底忘掉當年的話？原因很明顯，當年他初剛出道，不了解香港的社會環境，加上個性耿直，經常和我傾談，互相勉勵，不貪污、不受賄、做個好警察。而我為甚麼立刻介紹我的新車，讓他去看？我相信他也明白，我們現在俱是同道中人。閒聊了一陣子，我再說：「如果你有雅興，可以隨時使用我的一艘遊艇，外置雙引擎，停泊在西貢白沙灣。」我這樣做是讓他知道我貪得比他更多，經過這次交心，芥蒂盡除，很快我就在黃大仙警區站穩腳跟。

　　循例，我見過副指揮官和指揮官，工作由署長分配，我暫為第一分區隊長，負責早午晚三班巡邏，舉凡區內的投訴、小販、無牌熟食檔、違例泊車、黃賭毒、娛樂場所都屬於我的工作範圍。上班時間無硬性規定，自己編排。

　　不知是否是上天的安排，黃大仙警署 CID 探長就是上文提及的大王，而內務警長竟然是 CCC。有了他們在背後撐腰，

我的工作順利展開，上級們對我絕對信任。一天，我把我的MG 房車停在彩虹邨路邊停車位，走訪一位搞攝影的朋友；個多小時後，返回原處取車，發現車後的兩個嶄新的車輪蓋沒有了，時間是下午 2 時，我相信是被小偷盜去。我開車到新蒲崗車行，經理説 MG 車輪蓋沒有現貨，要從英國總公司訂購，空運兩個輪蓋約 800 塊，需時約一星期。我説讓我考慮。晚上 11 時 45 分，我對下屬作出更前訓話，要他們巡邏時提高警惕，提防賊盜和小偷，順便把當天失去車輪蓋的事件作為訓話。處理完白天留下的文件工作，我也坐警車出巡考勤。第二天早上 8 時半，我下班到車房取房車，發現「車輪蓋」竟然神奇歸位，在輪胎上有白粉筆寫上「請笑納」。當時的反應是愕然，沒有驚喜。前一天晚上我把失去輪蓋的事件作為訓話材料，從沒有想過要下屬替我找回失物；再想，如果把這事向值日官報案，要求徹查，事件鬧大，就要勞煩 CID 的兄弟、指模鑑證科的同僚、攝影師和筆跡專家等，還會成為警署同袍的笑柄。惟有自我開導，找出勉強可以接受的解釋，是清潔房車的小工，把車輪蓋除下，拿去清洗，未能及時替我裝上。

當年黃大仙屬於新開發的地區，配合清拆獅子山下佔地廣闊的寮屋區，政府建造多座大型徙置區包括停車場，供寮屋區居民入住。設有收費停車場但無人使用，而馬路兩旁卻泊滿貨車、陳舊的小貨車和私家車，更有白牌車（非法出租的私家車）

停在路旁接客。指揮官命我要把所有停在路旁的車輛趕進停車場，使馬路恢復暢通和整潔。我駕輕就熟，將年前在深水埗警區駐守時的經驗，稍加調整，定能生效。首先到九龍交通部領取印備的違例泊車警告信，我出資做了一枚膠印，用中文寫上「請將車輛駛進停車場，謝謝合作。」命屬下用紅色印泥蓋在警告信上，然後派給違例泊車者。一連三天，把信放在違例停泊的每一輛車。我更放置臨時交通警告牌。三天後，有部份車輛合作使用停車場。第四天我命下屬對違例泊車者發告票。再過三天，還有部份車輛停在路上，對法律視若無睹。最後迫我使出奇招。深夜 3 時，我命三名警員換上便裝，把預先購買用作放輪胎氣的小工具，交給他們，將違例停泊的車輛，一前一後的輪胎慢慢鬆氣，使他們早上不能準時開車。出此絕招，馬上生效。在指定區內，不再有車輛停在馬路上。指揮官在出巡考勤後回署，召我問：「你用甚麼辦法能把所有違例泊車者使用停車場？」我答：「很簡單，先禮後兵，把違例停泊車輛的輪胎放氣。」指揮官哈哈大笑。

有一次，我坐警車回署，在彩虹邨附近，見有一群約 50 餘人，當中也有小孩，手持標語、橫額作請願遊行，步向黃大仙警署，我將此事向署長和指揮官報告，指揮官考慮後，可能想測試我的能力，把這事全權交給我處理，署長更不表示意見，十年前，他早已欣賞我的「特異功能」。首先，我命值日

官把警署大門臨時關閉，出入口只可使用橫門，加派警員看守，動用女警們作應急準備。約十分鐘後，請願的人群抵達警署，我獨自守在門外，對着看似頭兒的人詢問原因，他們説不滿意洋警官在牛頭角區對小販管理過嚴，隨意掃蕩，亂檢貨物。我說此事好辦，你們推舉出數名代表，我領你們去見署長。他們不同意，要全數進入警署見指揮官。我最後讓步，允許一半人進入警署大地，我勸其他人返回攤檔繼續幹活，並保證此事會有圓滿的解決方案。結果一半人散去，其他進入警署，被安置在操場的一角，我命女警給他們座椅、茶水和照顧小孩。我領四名代表往見署長，讓他們盡情申訴，發洩情緒，最後署長問我對事情的看法。我和署長是老搭檔，彼此心靈相通，我對代表説：「如果署長答應換掉管理牛頭角區的外籍警官，由我出替他的位置，你們認為是否可行？」他們商量一會，説同意。我立刻安排警車把他們 20 多人送回牛頭角。一場鬧劇，擾攘不到一個小時。處理這些糾紛，不外是分隔、再分隔，安撫、同情，讓對方有機會發洩，在雙方心平氣和下，容易解決問題。

沈常福馬戲團在黃大仙區演出，控制人群的重責，落在我的肩上，我駕輕就熟，將管理球場的經驗，用於馬戲團。只特別囑咐屬下多加注意「打荷包」、非禮等罪案，散場時要留心小孩和長者的安全。一次，副指揮官騎上警察三輪摩托車，邀

我坐在車旁的「小艇」，開到馬戲團上演場地，轉了一圈，下車，進場看馬戲。後來，他對我說了嘉許的話，更說，要推薦我去英國進修警政課程。我笑着說，長官，我現在仍是一顆星的見習督察，同時，檢舉貪污部還在調查我的誠信。我謝了他的推薦，說他日能還我清白，授實階級為督察，請再推薦我。

一天下午，副指揮官電召我返警署，給我特殊任務。下午5時穿便衣、攜槍到尖沙咀某酒店向老外警司報到，我不便提問，領命而去。見了警司，出示我的警察委任證，他介紹我認識來自邵氏的一名警長和四名探員，任務是保護一位來自越南的政要和他的妻子。為期三天。我接過命令為小隊主管，一切保安程序，由我安排。警司要我記下他的聯絡電話。我曾經在邵氏工作六年，當然不會寫下他的電話號碼，只牢記心上。其中一名警長更是當年我在邵氏工作時的兄弟。

三天平安度過，警司重返酒店和越南政要夫婦會面，他們驅車離開酒店。我們完成任務。翌日，指揮官對我說，那天是他在放假，副指揮官接電話，對方說要找一位年輕、可靠、機靈的警官去接受特殊任務，副指揮官首先想起的就是我。如果那天他在，不會派我去。我明白他的心意，因為我是黃大仙警署的「黃大仙」，有求必應，對內對外，事無大小，我都能迎刃而解。

內務警長 CCC 要搞搞新意思，和我商量黃大仙警署除了

CID 安放關帝神位外，是否還可以安放黃大仙神像，使黃大仙警署能名實相符？我徵得指揮官同意，C 君擇好良辰吉時，動員休班警員，用警車到黃大仙祠迎回神像，沿途放鞭炮。在警署二樓，請道士把神像放好，燒香禮拜切燒豬，把寧靜的警署迅間鬧哄起來。我用超八米厘攝影機把整段過程攝錄。所有的費用當然不會用公帑。記憶所及，45 年後（2007 年），警署把該黃大仙神像送回黃大仙祠。此事原因不詳，是我的後輩問我還有沒有保留當年的攝影記錄，我才知道。

　　一個晚上，颱風正面襲港，所有的休班警務人員，要回警署報到，在彩虹道近警署的位置，風實在太大，水深及膝，我開車門的時候，颱風立刻把我的 MG 車門給吹歪了，車廂淹水，我無暇顧及，馬上換上軍裝，接到副指揮官的命令，帶同一小隊警員，配上裝備，開到附近某座徙置區增援。消防員已全數在各區出動，道路水淹，無法在短時間到場。出發前，我用極短時間，把我的警察委任證，銀包鑰匙等託付給好友女警官，說我如有不測，請將之交我太太。剛離開警署正門，微斜的沙田坳道雨水順勢湧下，水流湍急，我命隊員們互相緊扣手臂成環形，與急流對抗，橫過馬路。如果一旦遇到電纜倒下，生命就有危險。正常五分鐘可達的路程，我們要用上 20 分鐘才能到達。現場是某座徙置區的地舖，遭遇水淹，老婦與兒媳爭相搶救傢具和冰箱，老婦遭壓傷，兒媳致電 999 求助，因

線路繁忙難以撥通，故改報就近警署。我們初步給她包紮和安撫，等候救護車送院。雖屬一宗小事，不足掛齒，但人與天鬥，危機四伏，稍一不慎，性命堪虞。

1961 年，黃大仙警區是從九龍城警區劃分出來的，屬於一所新的警署。上文提到以前認識的一對經營殯儀館的夫婦來找我敍舊，說有事相求，有某同行殯儀館要把生意擴展入黃大仙區，他們知道署長已經答應並收取了禮金，請我想辦法挽回劣勢。我和他們在四年前認識，答應相助，請他們放心，等候消息。這是一宗小事，無須親自出馬，我請 CCC 代辦，不到半天時間，他向我回報，事已辦妥，我也不再問，錢可以解決的，就不是問題。

事後，殯儀館東主非常感謝，我還介紹 C 君給他們認識，今後有甚麼麻煩，可以直接找他。東主要送我紅包，我拒絕接受，朋友感情，不是建築在金錢上。一個多月後，黃大仙警署指揮官的前任副官，姓吳的警署警長來找我，說：「長官，有你在，殯儀館東主可以安心啦。」我當然知道是甚麼一回事，他是殯儀館東主的鄉親，因他的調職，東主才失去支柱，同行的殯儀館才能趁機入侵黃大仙區。

1963 年深秋，九龍總區指揮官召見我，說：「你所牽涉的誠信事件，檢舉貪污部已調查完畢，現在還你清白。根據警察通令 PGO，你的授實階級日期為 1961 年某月某日，對你

1960年代，葉愷（左一）與警隊同袍合照。

的服務資歷沒有影響。」我謝了他，行禮離去。終於從那天起，我的肩膊上是兩顆陸軍星，簽字上刪除「見習」兩字。

我在業餘攝影圈打滾了多年，稍有名氣，黃大仙警署的下屬和文職人員，希望我能夠在公餘時在警署內設黑房，開辦攝影班，使他們多些文娛活動。我答應可以，但你們要在開福利會的時候，提出建議和得到指揮官的批准才行，到時候我捐出所有的黑房設備，政府只需在警署內設立黑房，把空調、供水、去水設備弄好，就可以開班。經指揮官同意，將在警署內設黑房教攝影之事，呈遞上警察總部等候批示。

修理好 MG 房車，我想將它賣掉，殯儀館夫婦樂意買下，給我一萬元，我笑着搖頭，最後我把房車以 4,500 元賣給我的攝影朋友。為甚麼不賣一萬元而賣 4,500 元？我不願意我的車落在殯儀館手裏，他們開着我的座駕顯示和我的關係。一萬元買下我的舊車，出價太高，有送禮成份。我換上一輛新的法國雷諾小房車。錢來得易，不義之財不可積，財散人安樂。

前啟德遊樂場設在彩虹道，面向黃大仙警署（現址是彩虹道公園），預算在短期內開幕，遊樂場場址是在我的管轄區，一切娛樂牌照的申請、人群控制、僱員調查等，我樂意給予意見，使遊樂場籌辦工作進行順利。啟德遊樂場經營模式和荔園遊樂場大致相同，只是沒有劇場、電影院和動物飼養區而已。數星期後，遊樂場開幕，惹來一陣熱鬧。整個籌備過程中，我

沒有收受任何禮物或利益，獲得娛樂場管理層對我衷心感謝。

　　一天，內務警長 CCC 靜靜的告訴我，我將會被調職至警察訓練學校任教官（當年沒有人願意去的沙漠），他和探長大王商量，要面見指揮官，只要他能留住葉督察，不被調往警察學校，他倆會接受他開出的條件。我笑着說：「不用費心了，我很喜歡去學校當教官，你們的好意，心領了。」我還坦誠地對 C 君說，當年我之所以投身濁流，是因為被奸人誣陷，說我是貪污集團的幕後主持，引致我的誠信出問題，我為了自救，才設法加入集團找保護傘，調查長達三年，才能還我清白。從今起，我決意「金盆洗手，退出江湖」。我請 C 君轉告各探長。師傅方面，我自會交代。

　　遊樂場的管理層知道我調職消息，堅持要設宴歡送，卻之不恭，黃昏和三友好赴宴，席設在尖沙嘴某日本料理店。宴罷，再到東方舞廳消遣。座還未暖，一位濃妝艷抹舞小姐已飄然不請自來，拍我肩膊說，長官，很久不見。暗暗的燈光下，我還來不及認清其面貌，她搶着說，她是年前在深水埗警區的女警，曾在我麾下一起幹掃毒工作。稍作閒聊，我想怎麼一名女警會在一年多時間轉職為伴舞小姐？她不會是警方的臥底吧？不可能，如果她是臥底，絕不會熱情地跟我相認。

　　按時到警察訓練學校報到，先見參事官（Staff Officer），一位華人警官，階級為警司，再見副校長，一位洋

人警司，我升級一年多時曾在他麾下工作，就是當年遞晨報給我看的那位深水埗警署署長。最後晉見校長，華人總警司，也是我剛升級時晉見的九龍城區指揮官。談話內容，都是一般官樣文章，乏善足陳。只是副校長，我和他曾有交往，可以説坦誠話，直接溝通。

到貨倉領取裝備，換上教官服裝，時方炎夏，男教官赤上身，階級章套在左手手腕上，腰繫約兩吋寬黑色帆布帶，在訓學警（女警除外），一律赤上身，腰繫白色的帆布帶。我到教官休息室和眾兄弟敍舊，談笑甚歡。Room boy（侍應生）阿洪笑着對我説：「長官，我在警校工作十數年，你是我所見唯一的一位非常樂天知命的教官。我閲人多了，初來警校的教官，不是愁眉苦臉，就是鬱鬱寡歡，十幾天後，情緒才漸趨穩定，而你適應能力之快，真非常人。」

警校暫時沒有開學警班，我每天在備課，在操場旁看學警們步操、搏擊、體能訓練等。和其他沒有課堂的教官們開車到深水灣游泳，但需要在更樓（guard room）簽簿，説明時間地點和離開學校範圍的原因。一天下午，我獨自在海灘曬太陽，想起這次我被調職警校，是機緣巧合還是另有別情？腦裏靈光一閃，此事莫非與我曾答應下屬們在公餘時間開班教攝影、設黑房有關？我曾答應如果上層同意在警署內設立黑房，我會捐出一切的黑房設備，無償和屬下們分享攝影樂趣。此事

與我被調離黃大仙警區，到警校為教官的可能性應大有關係，在 60 年代，香港經濟未起飛，影樓很多，學會攝影和黑房技術，開影樓的收入比當警察好，引致人才流失。英國人對華人不信任，不喜歡在警隊內搞小圈子活動。我答應捐出所有黑房設備，所值不菲。一名月薪 780 元的小小警官，這麼慷慨，居心值得懷疑。區指揮官未必有此想法，但他將計劃書上遞，惹起高層懷疑，這可能性極大。要將此小圈子解體，最簡單直接的方法就是一紙調職令把葉警官調到警校。我離開不足惜，何況我早已立定主意，一旦授實階級，立刻退出江湖，還我本性，做位好警察。經一事、長一智，以後辦事，要多詳細想想。

第十五章

警校教官的日子

兩星期後，警校開六班學警訓練班，每班 30 人，一名督察級警官為班主任，專責教法律和警例，一名警長為副手，專責教步操、防暴操、指揮交通手號。其他體能訓練、射擊、搏擊、游泳、拯溺、救傷等由專責警長負責。為期六個月，畢業前，游泳和拯溺由皇家拯溺會負責考試。救傷則由聖約翰救傷隊負責，及格者獲發證書。

　　教官名單上沒有我的名字，我正奇怪，旋獲通知，要我接替參事督察（Staff Inspector）之職，為參事官的副手，專責處理學校行政事務，包括編制值日表、邀請和接送嘉賓、講者、更換陳舊設備、安排畢業典禮秩序等。如有團體獲邀參觀警校，作導遊講解等瑣碎工作。這差事非我所願，但命令就要服從。我在想，莫非上層對我仍具戒心，怕我在教班時仍搞小圈子？這事可能性較小，有機會，找副校長查探。我喜歡任教官是想將我所知所學，訓練出一批好警察，能看到成績。

　　參事督察工作不算繁忙，大部份時間要在寫字樓待候長官們，閒時可以看報看書，我利用時間作好教班準備。當年警校還未設有教官訓練班，警官、警長調至警校，就可以即時任教，沒有規定教學方案和方法。學校有很多教材，但不統一，有些已過時，要教官們自己增刪。一天下午，閒坐無聊，聽到副校長對一名受訓中的老外見習督察拍枱嚴厲訓斥，長達數分鐘，該名見習督察回應説：「長官，請你不要再罵，我現在考慮辭

職不幹。」我在想，在這請況下，副校長還可以繼續罵下去嗎？我還未想完，副校更大力拍枱，厲聲説：「看看你的腕錶，告訴我現在的時間。」「是，長官，16 時 45 分。」副校長再罵：「上班時候，你不能想私事，你現在要想的是怎樣把書唸好，把工作做好。今天你仍在領薪，辭職不幹是你個人的私事，下班後再行考慮。立刻給我滾！」「是，長官。」這一幕，很精彩，我自愧不如。下班後，我找副校閒聊説，剛才的訓話極之精彩，換了是我，就不能立刻接着罵，當值時不能想私事，給他機會滾蛋。我趁機問副校是誰的主意要我當上參事督察？他説，是他的主意，給我找份好差事。我説：「如果有機會，我還是喜歡教班。」他點頭。

兩個月過去，在下班的時候，接到 CCC 電話，邀約茶敍。他請我替他辦一件事，説：「自己的名字已被列在首位被調往警察學校當副教官，恐怕一旦調職警校，會影響升級計劃。校長方面，我已打通關係，但如恰恰碰上校長放假，調職令落在副校長手裏，他會接受我的調職，到時候事情變得麻煩，所以想請副校長幫個忙，找出理由，使調職令失效。」他知道我和副校長交情深厚。我説，此事易辦。他旋即交給我紅封包轉送副校長，我不問就接過紅包，我深知 C 君性格，出手絕不會低。

早上，借故見副校長，送上紅封包，他接過，帶奇異目光説：「在過往的日子，你常常給我送禮物，這不足奇，但現在

是警察訓練學校，我們共同處於沙漠，你還有禮物送我？」我笑着説：「這禮不是我送的，請牢記，警長編號 234，簡單順序容易記，姓名英文字母都是 C，如果警察總部將他調職到學校，你設法找理由反對他的調職。校長方面，他早有安排，就是這麼簡單，而且，這調職令，你可能永遠不會接到。」他笑笑。

雖然我已經宣佈金盆洗手，不再貪污受賄，但圈內朋友有所求，還得幫上一把，我和 C 君交情匪淺，舉手之勞，樂意為之。事後我想，我這是在助紂為虐嗎？當年警隊，貪污猖獗，買官鬻爵，司空慣見。憑一己微力，我可以徹底把貪污鏟除嗎？把社會秩序重回正軌嗎？何況在未來的日子，難保我不會再遭陷害，屆時我還有舊戰友給我幫忙。40 餘年之後，某次和退休同僚茶敍，暢談當年往事，一同僚説：「這次你也撈了一把吧，C 君給你多少？」我説，他真的要給我，也不會收，何況他沒有給我。但説了也沒人相信，奈何。

1965 年 3 月 8 日，我開始教第一班 30 名學警，編號順序是 7777 前或後，很容易記。他們都已經在 1997 年前後退休了。我退休多年，偶然還會有當年的學生約我飯局，執筆前數月，和這第一班學生聚餐，席間暢談當年趣事，很多事情已不復記得。經不起他們拍掌要求，一定要我説一點點，我説：「你們的雙週試試卷，除答案外，我還將你們的中文錯字一一糾正，解釋字義，我相信其他班主任一定沒有這樣做，此乃教

香港警察防暴隊（今機動部隊）操練之中。攝於五、六十年代。

香港警察於靶場進行射擊練習。攝於五、六十年代。

學相長，也是我學習中文的另一途徑。」我突然想起另一件事，説：「你們在警校畢業的時候，有沒有送禮物給我？」經過 40 多年，我突然提出這問題，他們感到愕然，我再説：「是一套 12 件的陶瓷茶杯連碟，繪上彩色的公雞，窰址是在新界坪洲。」他們也不敢肯定，因為當天晚上，能出席餐會的學生只有九人。其他 21 位同學有些已歸道山，有些移民他鄉或因健康理由而不能出席。我為甚麼有此一問？因為我先後在警校教班約八至九年，這是我唯一收下的一份禮物──公雞杯。

六個月後，第二班開課，是警校首次嘗試將男女警混合在一班接受訓練，30 名學員中有男生 23 人，女生 7 人，我是班主任，副教官換上另一位警長。開課頭兩天，我故意不按學校編定的時間表上課，我不喜歡墨守成規，接新班應有新的教案、新的教學方法，我吩咐警長將學員的裝備、宿舍、警校的環境、規矩等一一弄妥，並開始基本步操訓練。女警的風紀、宿舍、膳堂，自有女警官及女警長專責管理。第三天早上，我才在課室露臉，我沒有自我介紹，問有誰知道我的姓名？班上 30 名學生只有兩名回答：「葉海。」我要他們在黑板上寫上我的名字，他們寫「葉海」，我故意不作更正。我指向一名女學員，她站起，我發出第一道命令，命她到學校視聽教材室取學校地圖。她望着我問：「長官，視聽教材室在哪？」我不回答，旋即説：「如拿不到地圖，你可以回家；取到地圖，回

來。走。」班上的同學，愕然不知所措，我繼續訓話。不一會，女學員拿回地圖，臉露不悦之色。我繼續説：「你們現在身處的是警察訓練學校，不是某某中學，某某書院，顧名思義，警察學校是專責訓練警察的，所以教學方法、思考、邏輯和一般學校有極大差距。過去兩天，我故意不露臉，讓副教官與你們相處兩天，你們知道原因嗎？在這兩天裏，你們對警察學校環境知道多少？學校的行政區、校長、副校長辦公室、槍械庫、靶場、警衛室、洗衣房、視聽教材室、教官辦公室及休息室？副教官不一定會帶你們一一走遍，但在你們當中，應該有拔尖兒，在這兩天對警校環境有更深的認識。作為一名幹練的警察應具有先知先覺，觀察入微的條件。剛才只有兩名學員能説出我的名字，而其他 28 名竟懵然不知？我是你們的班主任，在未來六個月，朝夕相對，居然對我一點好奇心也沒有？兩名同學雖然答對了我的名字，但卻寫錯了『海』字，應為『愷』。『愷』的意思，你們回去查字典吧。剛才那位女同學問了一條極為愚蠢的問題，視聽教材室在哪？明白這含意嗎？將來你們成為警察，查案時，會否問上級，毒販在哪？毒品在哪？兇手往哪逃？兇器藏在哪？」前文提及 13 年前，我在政治部駐守，接到特殊任務，在凌晨 4 時有行動，我問了上級一句話：「今晚我在哪兒睡？」警長絕妙回答，如醍醐灌頂，當頭棒喝，自此我不會再問愚蠢問題。

經過這一課，我希望能收敲山震虎之效，但 30 名學生中，究竟有沒有虎，有多少是虎？由我從學警晉升警官至重返警校任職教官，已逾 15 年，警校的建築、設施、環境有極大的改善。教材教學方法，也有進步，體罰已少見，惟獨有些教官和副教官們士氣低沉，其原因應該是身處沙漠，無可奈何，大有斯人獨憔悴之感。時間可以洗去哀愁，呆上兩年，重入江湖，又是一條好漢。不要以為身在沙漠就沒有競爭，所以說，凡有人之處，就有競爭。爭些甚麼？爭最佳步操隊伍獎、最佳成績校長杯獎。競爭有利也有弊，公平競爭，利也。不擇手段，損人利己，不顧後果去爭，弊也。

學警新班開課，有些教官急於去爭取年輕、能幹、上進心強的警長為助教，然後到大寫（高級文員）處，講交情，預先暗自篩選，找學歷高、身材均等的學生組班。目的就是為奪取校長杯而鋪路。我在警校曾任參事督察，當然知道這是甚麼一回事，加上我的個性，不屑為之。為了奪得校長盃而不擇手段，失去公平競爭。如想奪取最佳步操獎，不免要加開公餘場（時間表上沒有編定的步操課程），在課餘時間多操練。副教官很了解我無爭的性格，因此學生無須額外加時在炎陽下操練。

雙週試試題，我在授畢每一課時，就寫下題目，我絕不會採用其他班主任共用儲存在警校資料庫的舊試題。有關法律課，我會詳加解釋，而《警察通例》文字簡明易讀，加上學生

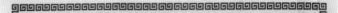

由警察訓練學校校長 P. J. Webb 簽發的警員就職宣誓書
（1979 年 11 月 21 日）

們已達中五程度，應該可以看懂，我要他們在晚上自修閱讀，有不明處，早課提出，我會作答。其餘的時間，我採閒談方式和學生對話，從人生的目標，怎樣做個好警察，以至培養公餘興趣，遠離貪污、賭博、毒品。我更將過去 15 年的警察生涯，其間的體會、經驗、風險等選擇性地和他們討論，以免他們輕易墮入罪惡深淵，難以自拔。

每週六早上，全校學生穿上整齊服裝，齊集操場，正、副班主任也穿上軍裝，站在學生前列，等候長官檢閱。長官會從頭到腳仔細檢查，從禮帽到皮靴，頭髮與鬍鬚都不放過。之後，列隊操過檢閱台，向長官敬禮，檢閱完畢，操回營房稍作休息；然後，學員再整齊站在各自的床前，等候長官來視察，有些長官看得極徹底，很仔細，看衣櫃裏的擺設是否整齊，運動鞋是否底面都乾淨等；然後又看宿舍的窗門、浴室等各處。曾有某一任警校女校長戴了白手套去摸洗面盆底，看看有沒有沾上污漬；又用皮靴大力敲打衣櫃，看看有沒有蟑螂受震而竄出！返回課室，我向學生提出問題：女校長這樣做是否有些吹毛求疵？學生們紛紛抒發各自意見，但仍觸不到核心。我的意見是，她其實是暗中培訓我們在查案時不要隨便放過極微細的線索，它可能是破案的鑰匙。隨行的副官把巡房的經過，一一寫下評分。時間到了中午，學員開始離校放假。星期天晚上 8 時返校。

我察覺到週末查房有些不妥：學員的衣櫃放的雜物太多。

《皇家香港警察雜誌》第 14 卷第 1 號（1970 年春）
書影，封面圖是黃竹坑警察訓練學校。

本頁及右頁：60年代於黃竹坑警察訓練學校舉行學警畢業典禮，主禮的
是韋磊夫（G. A. R. Wright-Nooth）副處長，綽號「雷老虎」。

回想 1950 年，我為學警的年代，校方沒有衣櫃供應，每個學員規定只能帶自購的藤籃，梳、牙刷、牙膏、鬚刨各一，內衣褲和外衣各一套，不許帶其他雜物，相比之下，現在的學警實在是太幸福了，容許帶照片、書籍、雜誌，甚至結他返校。

每週末早上 7 時，隨處可以看到學警們像螞蟻搬家似的，把他們多餘的雜物，包括已用過的清潔用具都搬到宿舍附近山坡的草叢，把物件掩藏起來。他們這樣做，目的是使到衣櫃和雜物房更整齊清潔。而擺放在雜物房的用具全是警校派發的全新或很少使用的器物。我恍然大悟，他們這樣做的目的是為爭取週末查房，能獲得較高的積分。我的副教官也蕭規曹隨，和他們一樣，把雜物走鬼，使學生衣櫃和雜物間更整齊清潔，爭取高分。在這情形下，我不能忍耐，雜物走鬼就是造假，教官們帶領造假，樹立了壞榜樣，好警察首要的條件是誠實，瞞天過海就是欺騙，許多漏弊會因此而慢慢衍生。於是我帶副教官和學生們檢查雜物間，門打開，入目的全是新的和少量用舊的清潔用具。

我問副教官，這是甚麼一回事？他回答，新的是供每週末查房時用來擺設，舊的是日常使用，這樣既可以取悅檢閱官，也省力把日常用的工具清洗乾淨。我再問，校方供應有一定數量和品種，其他的用具是從哪兒來的？副教官支吾以對，是學生們自願湊錢買的。

為了革除弊端，我下令以後週末查房，我班絕不容許雜物走鬼。這個週末放假，學生們一定要把衣櫃內雜物搬回家，櫃裏只容許放少量的梳洗用具，一套外衣和一雙鞋，內衣和襪子兩套，書和字典各一本，筆兩支，手錶一。雜物間只容許擺放學校派發新的或曾經用過的清潔用具。清潔時只能用校方供應的用具，學生不能湊錢買。如有問題，可以向我提出。走鬼就是矇騙，自欺欺人。不是好警察所應為。

天氣悶熱，下午講課，學員們提不起勁，懨懨欲睡，我指向一名入睡者，他醒來，我要他替我幹一件事，我把粉擦從三樓窗口扔出去，命他撿回來，先後三次，學生們當然知道是甚麼一會事。回想當年（1950），學員們動輒就遭體罰，扛着79步槍，在操場跑圈，遭遇真有天淵之別。有時候，我命學生把桌椅移開，改變環境，讓全班坐在地上聽課。有時候，我命班長帶學生在樹蔭下聽課。我不是有意標奇立異，只是憑良心辦事，偶爾碰到上級，他們也不管我。

與學生相處三個多月，他們對我了解更多，隔膜消除。有一次，課堂閒聊，一個學生問我：「長官，你怎樣能從警員爬升為警官？」我笑着回答：「在某天晚上，我在宿舍把潔淨的制服換上鈕扣，準備早上上班用，我忘了把它放回衣櫃，就讓它掛在床前。早上起來，穿上制服，發現肩膊上的編號不見了，換來的是HKP，雙肩膊多了一顆五角星，我來不及查明原因，

1960年代，葉愷教官（最前者）帶領學警進行警察學堂畢業操練。

就穿上這套制服跑到列隊前，當值的警長還給我敬禮，更陪同我檢閱列隊。到現在我還弄不清究竟我是警員還是警官。」大部份同學都爆出笑聲，而提出問題的同學還是愣着。西諺説，愚蠢的問題，愚蠢的回答。

每逢碰上長官責罵，到撰稿時的今天，警隊還沿用 "Sorry, Sir!" 來回答，我最不喜歡聽的就是這句説話，遇上這情景只會令我繼續罵，借題發揮：「你們不用對我説『Sorry』，我見到你們犯錯，是因為你們蠢，我心裏感到極之高興。但糾正你們的錯誤是我的職責，接受市民給我的薪俸，目的是把你們培養成材，我盡所能把你們訓練成為一名能真心服務市民的好警察。另一方面，看見你們智慧比孩童還低，我更高興，因為你們將來不會是我兒子的競爭對手！你們應該把『Sorry』這字帶回家，對父母妻子、兄弟姐妹、未過門的妻子、甚至年幼的子女説！」

我不埋堆、不喜歡隨俗、不接受其他教官們的提議、不共用他們雙週試的試題、不容許我的學生湊錢為學校買清潔用具、不按地點和時間表上課等等，我相信上級遲早聽到對我的投訴。我先要建築圍牆，抵禦讒言入侵；其次，我很仔細改試卷，把錯別字也更正，並保留試卷待學生畢業六個月後才銷毀。每次召見和訓誨不守紀律或成績差的學員，都作個別記錄，以備不時之需。

第十六章

五個年頭工務局

1967 年中，香港爆發騷亂，起因是新蒲崗大有街塑料廠的工人發起罷工，左派工會響應，繼而擴撒至全港各左派學校、傳媒、各行各業，暴亂迅速蔓延到中區政府總部。港府按安全等級實施分區戒嚴、宵禁。警察訓練學校迅速成立兩連防暴隊，副校長和參事官分別出任連長，連副和排長由警校教官出任，伍長由副教官擔任。隊員全是行將畢業的學警。他們雖無實戰經驗，但服從性強，執行職務時從不畏縮，雖受傷而隊形不變，勇往直前。從新蒲崗到中環花園道政府合署，督憲府外的騷亂，警校兩連防暴隊都有參與行動，包括驅散、拘捕、鎮壓暴徒。我記憶所及，當年鎮壓中區暴亂的總指揮官是葛柏總警司。

我指揮的防暴排，在政府合署門外佈防，華人警察曾遭暴徒高喊辱罵為「黃皮狗」，英籍警官則被罵為「白皮豬」；暴徒向我們吐口沫，盡情侮辱，我們屹立不動，罵不還口，中外記者們頻頻拍照。我在想，金庸筆下的喬峰在榮升丐幫幫主大典上，屬下吐唾沫為其祝福，是一種難得的榮耀。每次轉移陣地，在磚石瓦、玻璃瓶橫飛下，我先讓隊員上大卡車，我和隊副把車後的卡板安全關上，才上我的吉普車。這不是逞勇，而是恐怕隊員們說我懦弱畏縮。值勤時，往往兩三天甚至一星期都不能返總部營地休息，膳食由餐車供應，上下級一體待遇，沒有優待，吃和睡都在車卡裏，便溺是借用公眾場所。當

年沒有手機，當值時絕少有時間能與家人聯繫。

警校防暴隊是由新丁組成，不是能征慣戰之士，被派工作，大部份是巡邏、執行宵禁令、看守、押解暴徒及囚犯。當年北角是國貨公司、工會、學校的集中地，是左派活動的大本營。在宵禁期間，我排被派駐華豐國貨公司附近巡邏，接到華豐國貨公司發生火警的報告，我們和消防員先後以慢速抵達現場；可能因為是宵禁期，沒有路人圍觀，沒有傳媒採訪，一片靜悄悄。火警很快被撲滅，但在整個過程中，警察、消防的行動，顯得懶洋洋地毫不起勁，這可能是我個人敏感吧。

暴亂進入高潮，港英政府不再容忍，實行反撲，搜查工會、學校、報社、書店、會所，甚至出動直升機協助，空降大廈天台。搜獲的有自製武器及宣傳刊物，也有捕獲人犯。警方的反撲更引起暴亂升級，真、假的菠蘿（炸彈）遍地，傷及警察和無辜路人。在這形勢下，警察學校的兩連幼嫩防暴隊不再被派出執行職務，留校待命，回復常規訓練。數星期後，學校為學警們舉辦草草的畢業典禮，派駐各警區增援。

暴亂漸入尾聲，社會秩序開始恢復正常，政府為粉飾太平，在大球場舉辦全港聯歡晚會，由港督揭開序幕。開幕前約一小時，電台廣播，赴大球場的各主要街道，擺放有疑似炸彈的物體，引起交通擠塞，警察防暴連出動，拆彈專家傾巢而出；約半小時，電台播出震撼消息，一位隸屬港島交通總部的

英籍警官，當值時在銅鑼灣被炸身亡，是 1967 年暴亂事件最後殉職的一位警官。翌日報紙有詳細報道。我曾和該名總督察共事，他未被調去港島交通總部前是警察訓練學校的操場及槍械總主任。他對工作熱情、對同事友善，40 多年後，我記憶裏仍有他的影子，猶記得他的面頰近脖子處有暗紅色胎記。暴亂平息後，香港警察（HKP）獲英女皇封為「皇家香港警察」（RHKP），帽徽、鈕扣、肩章、紀念品都印上「RHKP」字樣。1997 年香港回歸祖國，警察的裝備隨即換回 HKP，「皇家」（Royal）一字，從此消失。但印上皇冠圖樣的帽徽、鈕扣可由擁有者保管，留為紀念，無須交還貨倉。

　　暴亂平息後的某一天，我接到師傅電話：「你即將被調往工務局，任駐工務局交通設計組副聯絡官，聯絡官是由英籍警官（警司級）擔任。該職位是『清水衙門』，無油水可揩。你已守窮多年，千萬不要去，我有辦法幫你搞掂（安排）。」我隨即說：「師傅，多年來你仍不了解我，我喜歡這崗位就是因為無油水可撈，我還是要去，到時候我們師徒倆有更多時間相聚。」我當然知道師傅有絕對把握，當時交通總部的頭兒是葛柏總警司，他的副官就是我師傅。

　　兩天後，我接到通知，早上到警察總部面見葛柏，行禮後，略談了幾句，他命我到工務局交通設計組見米曹警司——警察駐工務局交通設計組的聯絡官，他會安排我的工作。葛柏

這疑犯因為一宗導致兩名警員殉職的毆打案而被鎖上手銬拘捕，
由警員帶到警署落案。攝於 1967 年。

於市政局薄扶林公立圖書館前，一隊防暴警察在市民圍觀下出動。由警員與市民的輕鬆神情看來，可能是演習而非真的發生事故。攝於 70 年代。

可能忘掉 1953 年我與他初次見面及「頂嘴」的一幕。隨後，我和師傅敍舊，初步了解我的工作，他再説我的工作崗位因暴亂而懸空了一段時間，所以我到任時沒有交班人，要自行從頭摸索。

下午 2 時，我到中環美利樓向米曹警司報到（美利樓原在中環花園道，今中國銀行位置，是一幢英式兵房，時傳鬧鬼，1982 年整幢樓宇被移到赤柱海旁，成為旅遊點）。他首先説：「作為聯絡主任，我們上班無須穿制服，但沒有便服津貼，因公事而使用自己的汽車，可以按實數申請汽油費。我們是代表警察交通總部進駐工務局交通設計組（當年運輸署還未成立）。小組成員有一位高級文員葉小姐，是我們的秘書；一位謝姓文員，負責統籌收發所有的文件，管理檔案。此外，交通設計組借調給我們一位姓秦的繪圖員，繪製我們需要的特殊草圖。各個地點按每季交通失事數字多少，達到某一數值將被列為交通黑點，作實地改良。上班時間是朝九晚五，星期天休息，週末上午，我和警司輪替上班。我們的主要工作是搞好公關。」

有需要時，我們須安排交通警察到現場協助，提供警力、物力配合他們工作。交通設計組由一位總工程師 CE／TE 領導三位高級工程師和若干位工程師，工程師隊裏也有少量外籍人員。主要職務分路政、工程、開發、路燈、交通燈、行人天橋、

斑馬線、數字統計、修訂公共汽車路線、巴士站及泊車位等等。港九新界離島所有地區以至禁區都列入我們的工作範圍。有了初步了解，我開始接受新挑戰。

上班第一天，米曹警司給我引見交通設計組的頭兒們。美利樓樓層寬廣，但因職員眾多而顯得狹隘，我被安排與副工程師們同在大堂辦公。謝文員交給我多時懸而未辦的檔案，我詳細閱覽，看懂的立刻作出批示。翌日上班，因為沒有上手（前任）交代工作，千頭萬緒都要靠自己，於是靜坐沉思，我認為先從師傅口中套取米曹警司的底，知己知彼，才可保合作順利。據了解，他為人忠厚老實，妻子是華人，有兩個男孩，對錢財看得很輕，生活儉樸，每天上班攜帶政府貨倉派發的黑色皮革公文袋，從柯士甸道步行到天星小輪渡海上班，沒有汽車，帶飯盒在辦公室午膳。

我看不懂設計草圖和很多專用名詞，如比例尺、傾斜度、路肩等等，遂向秦姓繪圖員請教。其後認識了一位姓周的副工程師，他是台灣大學工程系畢業，回香港加入政府工作，因為台灣學歷不被港府承認，他決意不考英制的學歷，所以他只能擔任副工程師。我和他談得很投機，結為好友，以後日子，他給我很大的幫忙。兩星期內，在樓層辦公室逐一拜會各工作類別的工程師，一同午飯閒談、結賬平均攤分，慢慢建立起友誼；他們的學養、談吐、人生觀和興趣，與警察大相徑庭。

三個月後，我大致能掌握基本工作，米曹警司也帶我去開會，到現場實地觀察交通流量。九龍巴士、中華巴士（香港島巴士）所有的巴士路線和巴士定站都須要有關交通工程師和我（代表警察）同意，才可以實施。全港九新界的路旁停車位，包括電單車，也要經過我們同意才可以劃定位置。後來交通運輸署成立才改由它統籌，但也須取得我們同意。所有交通標誌也須警察同意才可以豎立，因為實地指揮交通和執行法律的是警察。所有馬路、行人路的開掘，修理埋在地底的各項設備、交通燈、行人天橋、地下遂道設施等，同樣也要詢問警察的意見。工作不算多，有時候要實地考察。遇上天災意外，我們和工務局的工程師們也要到現場協助救援。

　　有一次在寫字樓，我找一位高級工程師諮詢一些工作上的意見，門開了，我見他在繪圖，我笑説，這等小事，何須親辦，交給繪圖員就可以。他説：「你初來，對我還不十分了解。每天上午，我規定自己只發出一份長的便箋（memo），下午寫兩張短的便箋，其他時間嘛，我幹我喜歡的工作。現在你看到的繪圖，不是公事，我正在設計模型飛機，我是模型飛機協會的會員。」經此一事，我懂得辦事能力強，有智慧者不必多幹，我要向他學習。

　　所謂實地考察（site visit），需時不多，成為我們開小差的藉口。我還可以去逛書店，到藝術館欣賞大師們的畫作，我

印象最深刻的一次，是到大會堂欣賞畢加索七十回顧展的記錄片，英語版本。開場時，有女記者問：「畢加索先生，我不懂欣賞您的大作。」大師直接回答說：「妳必須學才能懂（You have to learn to know）。」這話給我啟示極大，開了我的竅。我開始買有關西洋畫理論和實踐的書，日夕研究，進步很快。同時，我把家裏攝影黑房改為畫室。在北角找到一位袁姓的畫師，教我素描。我還記得，他在未答應收我之前，他擺放一包方糖，兩枚西紅柿，把燈光擺好，命我把它畫下來，經過十多分鐘，我還畫不成，他說：「葉先生，你沒有繪畫天份，還是不要學了。」我指着大廳裏正在畫石膏像的師兄們，說：「袁先生，給我機會，不用一年，我有信心可以和他們一樣，甚至超越他們。」袁先生無語，收下學費，開始給我講解素描入門基礎。之後我到尖沙咀辰衝書店購買素描入門書惡補，到中環購買瑞典畫紙；每天下班回家，稍為休息，馬上進畫室開始素描練習。透過老師借給我的石膏像，把燈光調好，我有攝影經驗，打光駕輕就熟，經過半年勤奮學習，老師對我另眼相看。

60 年代末期，港九新界，有很多龐大工程計劃展開，如地鐵、紅磡體育館、中區加建架空行人道等，工務局人員也加緊投入工作，但工程還未實地展開，我的聯絡工作還未受到影響。九龍城交通迴旋處是東九龍交通的大動脈，地處太子道東和西、亞皆老街、馬頭涌道之間，是進入啟德機場和整個九龍

城舊區、城南道和龍崗道的交通要塞，而當年是東九龍交通的一大毒瘤。為割除這大毒瘤，工務局的交通設計組人員絞盡腦汁，設計方案改了再改。我這個聯絡員，大事幫不上多少忙，但他們須要多少警力，在現場指揮交通，提供物資等，我盡力滿足，使工程加快完成。

高空攝影的直升機由民航處提供，工務局派出攝影師在高空拍攝，我第一次登上直升機為觀察員。他們沖洗出來的照片，只適合交通工程設計用，但要作為交通警察執行法律，定位指揮交通，疏導車輛，他們所拍的照片對警察派不上用場。因此，我向上級提議另拍一套適合交通警察使用的圖片；再者，當整體工程完成及投入使用之後，再拍一套同地段的圖片，兩者對比，證明這毒瘤的切除，公帑用得其所。我更自薦，可以當攝影師在高空拍攝，上級有點不相信，我只好自我介紹，拿出證明——我曾獲得世界業餘沙龍攝影十傑，排名第九；更考上英國皇家攝影學會會士，只因要交會費，加上對頭銜興趣不大，才退回會士銜。上級同意，數天後安排了直升機，我帶同兩部私伙攝影機和交替鏡頭，上機作高空攝影。下班後，我借朋友的黑房工作，開始沖洗、放大和拼接。從此我多了一項不是我工作範圍而又是我喜歡的額外工作。

經過一年多的合作，我在駐工務局小組工作愉快，米曹警司任滿返英度假和調職，拒絕我們的送行。我細心觀察，他算

是一名廉潔的警官：有一次，新昌製衣公司（當年警察制服的合約供應商）替他送來半打襯衣，他對我說，專為他的兩個孩子在新昌量身訂造衣服，因為新昌收費便宜。觀人於微，貪污警官絕不會去新昌縫衣。

新來的警司活曹，像個農夫，我領他去見交通工程組的總工程師和介紹其他工程師給他見面，談及我們小組的工作分配。警隊的活躍分子和善於交際的警官肯定不會被調到這沙漠。他沒有自己的汽車，坐公共汽車上下班。去開會，召喚警車接送。實地視察，要我開車和他去。從種種跡象推定，他應該不是貪官。他很勤勞，到任不久，便提出很多問題，往往被工程組駁回，後來他乖巧了，少提議，謀定而後動，先詢問我的意見，如果我不能回答，我會找有關工程師先行商議。在一個炎熱的下午，活曹問我有沒有開車回來？我說有，他說要去site visit，我便告訴秘書葉小姐，我和警司去實地考察。開車的時候，他讓我把車開往北角，原來他去按摩。我把他送到目的地，我也回畫室畫素描，各取所需。

臨近聖誕節，葛柏總警司在酒樓開聖誕茶會，廣邀舊雨新知，我問活曹是否赴會？他笑答不去。秘書葉小姐問我：「哥你去不去？（因為同姓，她叫我哥）」我說不去，但我鼓勵她、姓謝的文員和姓秦的繪圖員出席茶會。翌日，葉妹告訴我茶會的情況，整個下午在廳裏喝茶，聊天者只有十多人，很多來客，

逐一與主人進房握手，旋即離去，她問我是甚麼原因？我笑而不答，讓她去猜。

假日，我帶同太太和孩子開車往新界轉一圈，從沙田、大埔、粉嶺、沙頭角、上水、落馬洲、元朗，一直到青山，我順便帶同記事簿，將沿途看到的路面或豎立的交通標誌，凡陳舊破爛、錯誤、受樹木遮擋的，作詳細記錄，日後交工務局馬路部跟進。這些微小事，可以由巡邏警察、小巴、的士、巴士司機或一般市民打電話到有關部門報告就可以。話雖如此，但市民不知找哪個部門去投訴。這等不是小事的事，政府更沒有加以宣傳。

活曹警司對我的工作態度、交際手段、責任感，有蠻好的評價。每年例見，他給我的評分是 A，並說，如果我能考完第三級職業試的 D 試卷，他會推薦我升級為總督察。數天後，葛柏召見我，讀出活曹警司給我寫的年報，他說：「活曹警司對給你的工作評分過高，明天早上 10 時，你再來見我。」我對葛柏此人甚了解，我在警隊無所求，所謂無欲則剛，管它作甚。下班的時候，師傅來電，約我談話，我說如果是有關明天再見葛柏的事，我立場堅定，謝謝關心。他笑說：「死性不改。」

早上，再見葛柏，他看了我一瞬，揭開檔案，把活曹的評分 A 改為 B-。我望着他，沒有表示，他揮手示意我離開。事後，我想，可能我是小官，所處的崗位在沙漠，缺乏水源。所以他

才放我一馬。

離開正常警察工作已經八年（三年警察訓練學校教官，五年警察駐工務局聯絡官），我被調返深水埗警區，重過警隊生活。例行見過各上級，派我為巡邏隊小隊長，比起八年前的深水埗區，市容的確有進步，但黃賭毒、舞廳、麻雀館、字花等，仍然遍地開花。

某天，內務警長約我晚飯，他是 CCC 手下一員得力助手。飯局時他向我透露，奉 C 君之命，要將區內一切財務移交我管，我斷然拒絕，很不容易才離開這圈子多年，絕不會重操故業。我自會向 C 君交代。兩月後，上級告訴我，北九龍裁判署欠一位檢控官，明早 9 時向裁判署主管報到。當然這次很快就被調走，原因「阻住地球轉」，我樂於離開，自己不想發達，也不會阻人發達。

大約在工務局的最後日子，即 70 年代初，在社會輿論的壓力下，打擊貪污已是勢所必行，1973 年 10 月的立法局會議上，港督麥理浩宣佈將成立一個獨立的反貪污組織；次年 2 月，廉政公署正式成立。1975 年初，廉署成功將葛柏由英國引渡回港受審，他被控串謀貪污及受賄，罪名成立，入獄四年。廉署成立後，大力打擊貪污，香港成為廉潔的地方，經濟也得以起飛，造就了往後幾十年的繁榮，功不可沒。

由於我早已離開濁流，也沒有留下一分不義之財，得以明

哲保身。很多當年圈中的兄弟，包括我師傅都受到牽連，幸運
的及早離開香港，如 C 君就去了美國，有些探長去了台灣，
這些事情後來被拍成電影，香港人都熟悉。

第十七章

法庭足跡與後記

早上 9 時，我以軍裝向裁判署主管報到，談話不到 15 分鐘，法庭的文員向裁判署主管報告說，第一號法庭的檢控官仍未就位，法官要他馬上派員出席替代。我真是幸運，毫無準備當上了第一法庭的檢控官。開庭之初，我首先向法官作簡單介紹，我是剛來的檢控官，對法庭的程序欠缺深刻的認識，日後我會努力學習成為一名忠誠、達標的檢控官。早上，第一庭的案件是認罪和不認罪的分類，認罪的法官立刻宣判結果，不認罪的定期審訊。在我身旁的文員給我很多幫助，我過了第一關，沒有大錯。

下午開審的全是不認罪案件，午膳時間，我有機會把下午開審的案件快速過目。案件開審，先由控方宣讀控罪內容，然後官問被告是否認罪，如果被告不認罪，先由控方第一證人作供，這階段稱「主問」，如有含糊之處，法官可以提出詢問。盤問是由被告向證人發問與案有關的要點。複問是由控方補充發問。在三段過程中，盤問過程，用字用詞，要有高度技巧，一定要和案件有關才能獲得法官的接納。在頭三個星期中，經我手的十數宗案件，全部罪名不成立，被官判被告無罪釋放。主審的法官是新加坡籍華人，到底是他喜歡釋放還是我的材料有限、技巧不足？我相信過錯並不完全在我，但我須要學習，向有經驗的師兄討教。

有一位胡姓師兄，在警界檢控官行列向有辯才無礙之稱，

在一宗藏有攻擊性武器罪的審理中，主審法官是上述那位新加坡法官，我去旁聽，案件由胡師兄請纓作主控。經控辯雙方作冗長的辯論，結果還是罪名不成立。胡師兄弄不清楚，我更摸不着頭腦。

　　某天上午，時近午膳，法庭清閒，我在看書，法官是外籍人士，剛從外地到港受聘為法官。法庭文員請我到法官室，法官對我說：「第三法庭法官說工作很忙，要我們幫忙審案，你有空嗎？」我說：「你是官，你拿主意吧。」他立刻對文員說，把有關的檔案及證人等帶上，立刻開庭。瞬息間，被告和控方證人帶到，開庭。當時庭上座位空無一人，只有一名孕婦帶同一名小孩在座，官問被告是否認識該名少婦，被告說，是他的妻子。然後宣告開庭。被告控罪：A、身為黑社會會員；B、無購票入場看電影。開庭後，官問被告，對 A 罪是否認罪？被告猶豫；法官再說，如果認罪，念在有懷孕的妻子和年幼的兒子，可以考慮輕判。被告立刻說認罪。法官宣判被告守行為六個月。第二控罪 B，被告不認罪。官問，控方有多少證人，我說三位：賣票的、看場的和帶位員。官問我，有沒有安排電影院的經理或行政人員出庭？我答沒有。官說：「如果被告說他進戲院是應邀來修理院內的電器或水廁，他就可以無票進場，所以控方證據不足，被告無須答辯，可以離場。」

　　經過八個月的法庭生涯，我算是一位稱職的檢控官，這時

被調職到觀塘裁判署。觀塘裁判署駐庭的法官姓劉，新加坡客籍人士，處事公平公正，但對世事不太理解，審案多憑他對社會的一般認知作出判斷。一宗藏有攻擊性武器案，控方證人警員說出時間、地點、觀察過程，在被告身上搜獲證物西瓜刀一柄……，被告不作答辯；劉官結案時說，大熱天氣，吃西瓜是很好的享受（有理由帶着西瓜刀），判被告無罪釋放！我想，如警員不說西瓜刀，而只說出刀的長、寬、厚，和可能作犯罪用途，劉官判詞可能改寫。

一宗傷人案，觀塘菜市場外一大牌檔檔主被人追打，其夥伴正在炸油條，見狀，為保護主人，用手上拿着的油勺把油潑向追逐者，結果，案件交法庭處理。被告是大牌檔的夥計，劉官說他是有意將油潑出，使到原告的追趕者手臂受燙傷。結果官判被告罪名成立，入獄六個月。退庭後，我和劉官閒談此案，劉官說，他從未見過這麼大的油勺，他有蓄意，所以判罪名成立。我搖頭說，午膳時如他有空，我領他到實地考察，他說好。我們到達現場，有五檔大牌檔，四檔擁有同樣的油勺，油勺是大牌檔必備用具，是用來炸油條或油餅用的，劉官笑了笑。下午開庭，劉官命令將上午傷人案被告提庭，告訴他本官不會更改所判刑罰，但希望他按理上訴，可能有意外的收穫。

同樣是有關劉官的故事。有一天，早上開庭時間到了，劉官還沒有到庭，後來法庭秘書處告訴我，警方重案組邀請劉官

協助調查，秘書處已經把今天的案件分派其他法庭處理。我感到有事發生，但不知是甚麼事。下午，劉官返回，他把昨天晚上發生的事告訴我。事緣他和太太到麗聲戲院看電影，散場已是夜深，他到停車場準備開車，突然衝出兩名大漢，要脅劉官和太太上車，把車開到一條幽靜的馬路，停車後，匪徒把他們的財物搜劫一空，更命令他倆背行 30 步，匪徒才開車逃去。最令他痛心的不是錢財，而是損失了他的好友送他的一枚翡翠玉戒指，有紀念價值，同時他更失去了法官的尊嚴。從此，劉官審案，絕不輕易放過匪徒、歹徒。在審訊一宗劫案時，劉官把玩證物其中一隻男裝帝陀腕錶，喃喃自語，說它很像失去的勞力士。讀者應該猜到這案的結果。

數月後，劉官放假，由新來的外籍法官鮑倫接替，他對警察的公正極具信心，幾乎無案不釘（入罪），庭警給他外號「鮑釘」（包管入罪）。有一天，著名的李大狀帶同幾位學生到庭旁聽，退庭後，他嘆氣說，如果再這樣下去，可能連他和幾位學生也都一起被「釘」。

南九龍法庭有主控官請假，我被調出替其缺。在一宗違反交通標誌案件中，被告是一位女士，用英語對法官說不認罪，要求將案押後，並說她會安排她的丈夫出庭為她辯護；官問她丈夫的職業，她說丈夫是律師。官點頭，將案押後一星期。這小案引起我的好勝，我看了我手上的檔案繪圖及證人（警員）

的口供，還算完整。午飯時，我親自到現場視察，環境和檔案上大致相同，唯一沒有寫上在馬路上用白漆油畫上的交通標誌「只可左轉」。

案件開審，警員上證人台作供，接受被告律師盤問：案發當時，被告所開的車，車廂裏有沒有其他人在座？答有。

問：「現在你還能認出那人嗎？」

答：「不能。」

律師再說：「當天坐在被告旁的人就是我，我曾對你說，當天，設在路口的交通燈箱被風吹歪了，我曾邀你去看，你不去，是嗎？」

警員答：「是。」

律師對官說：「我問完了。」

在複問階段，我補充：「你為何不應邀去看那燈箱？」

答：「我當時沒有立刻去看，因為有路人在圍觀，要等被告開車離開，圍觀者散去，我才去看那燈箱。」我問：「燈箱怎麼樣？」

答：「燈箱的確是被風吹歪了。」

案情到此，被告應該是無罪釋放。但在複問階段，我提出一條新的問題：「燈箱可以被風吹歪，而白的油漆箭嘴在路面上明顯是「只能左轉」，路上油漆不可能被風吹歪，對嗎？」法官最後接受了我說的事實，判被告罰款 50 元。

同樣類似的交通小案，發生在調景嶺的山坡小路，小路中央鋪上兩條石軌，供行車用，俗稱「筷子路」。早上 9 時，兩部小房車在路軌上碰撞，各有輕微的碰撞痕跡，甲車的駕駛員是休班警察，乙車是市民，最後被控上法庭的是乙方。乙方不認罪，在主要詰問階段時，乙方不懂法律程序，提出問題不能到位。我忍不住，對法官申請說：「可以容許我替被告提問題嗎？」法官點頭說可以。

　　我對甲方提出第一條問題：「你是駐守在調景嶺警崗的警員嗎？請你對法庭說出案發前的一天，你是否當值？」

　　答：「是。」

　　我問：「請你告訴法官，你當值的時間？」

　　答：「晚上 12 時到早上 8 時。」

　　我問：「八小時當值，可有休息時間？」

　　答：「有半小時休息。」

　　到此，法官對我說："Mr. Ip, don't go too far.（葉先生，不要離題。）"最後，官判：證據不足，散庭。

　　時光過得很快，三、四年的法庭生涯瞬間溜走，我再次被調回警察訓練學校當教官，職務是主持一項新的延續訓練計劃，培訓剛畢業的警員，每個月要上一天延續訓練，由我和另一位資深的蔡督察擔任教官，負責回答他們所提出的種種疑難問題。上課地點不在警校，而在港九新界各區指定的警署上

課，後來延續訓練計劃獲得擴充，在各區設有區際訓練中心，剛從警校畢業的警員每月都要到中心上課一天，為期一年。我先在廣東道警察宿舍開設的中心任教。某天，高級助理警務處長許淇安先生突然駕臨，我領他進我的辦公室，閒聊幾句，他突然問我說：「聽說你的教學方法很新穎，說話動聽，是嗎？」我說：「很難回答你的問題，要麼，還有三分鐘我就要上課，課題是『防止賄賂條例』」，如果長官有時間，歡迎進課室聽我講課，給我寶貴意見。」他接着說，他的太太是教師，不歡迎教育署的督學進課室聽她講課。我說人各有別。時間到了，他沒有進課堂，要離開中心，我送他上車，敬禮道別。

約半年後，我被調至設在何文田警署三樓的訓練中心，中心有男女教官共五人，我們合作愉快。在某次結業課，學生們紛紛離開課堂，有一女學員敲門求見，我問她幹嘛，她說特來感謝我過去一年的訓誨，我大樂，這一輩子先後在警校任教官五年，她是所有學生中唯一特來道謝的，印象深刻。

我在警隊服務 40 年，1989 年我申請退休獲批，回顧整個警察生涯，獲得一次讚賞，一次紀律處分，互不拖欠。警隊為一眾退休警官舉辦歡送會，我稱病不參加，經直屬上司盧警司好言相勸，我參加了茶會。席間，退休者各獲贈紀念品一份，我沒有把它拆開，旋即對坐在我身旁的女警官說：「請你替我把它送給你孩子作玩具。」上文提到，我很少保留在警隊服務

60年代，香港警員攝於警察總部門前。

期間的照片。五年前搬家時，在雜物中發現一張：我穿上警服接受刊物《警聲》採訪，我對記者介紹我臨摹的古畫──北宋范寬的《谿山行旅圖》。這張「寶貴」的照片已收錄在本書〈尋藝篇〉中。

在寫這 40 年警察實錄期間，我先後幾次考慮應不應該如實寫上我的情史，對一位經歷過酒色財氣、貪污年代的警官，沒有情史，誰能相信？最後我還是簡單說一些，作為後記。

自從加入貪污集團，歡場應酬自然不少，但是否接受全由自己掌控，往往是閒聊不超過 30 分鐘，付款讓小姐離去。為甚麼這樣做？因為我常記掛家中的賢妻。行走風月場所數年，終難逃碰上「至愛」──她是娛樂圈中人，溫柔體貼、談吐風雅、善解人意，我們情投意合下，互相愛上了。我還理性地和她談條件，說只能和她成為朋友，為期一年，她笑着答應。不久老妻知道了，我不瞞她，我說：「一位年少英偉的警官，怎麼會沒有別的女性追求，我們戀愛時，我常對你說，當睡在別的女人身旁，他還記得家有賢妻，這男子漢值得託付終身。」

一年之約到了，我對她說，是時候我們該說再見，她說好，旋即送我一張唱片，曲名《擁有我》。我也拿出身上的錢包、鑰匙和金筆，結果她取去我的鑰匙扣。早上，天還未亮，我穿上衣服，鑰匙扣留下，拿回車匙，回頭看她一眼，好像眼含淚珠。我輕輕的開門，不辭而別。先開車到北河街碼頭，

把唱片靜靜放到海裏，意思是決心結束這段感情，再回警署上班。

　　沒想到這事還沒結束，五年後，我被調至另一警署，突然接到她的電話。在電話中互道別後情況，我推說現在沒空，留下她的電話，改天再談。我這樣做是在試探她是否另有目的，或有事找我幫忙。一等五天，她也沒有來電話，證明我的估計錯了。我接通她的電話，先道歉，再問她是否有事需要我幫忙；她說沒有，純粹問候。我問她，今天有空嗎？她說有，我開車載她到沙田雍雅山房茶敍。我們暢談別後景況，經過詳談，我送她回家；途中，路經我家，我說：「如果現在我太太見你在我車裏，她一定會想這過去幾年，我們還時常見面。」這次一別，之後便再也沒有聯絡，我心中一直祝福她，真正的愛情「不在乎天長地久，只在乎曾經擁有」。

尋藝篇

童年遭逢中日戰爭，避戰禍於老家，廣西昭平縣，父親對我說：「你每天都在玩，不如隨叔父輩學書法吧！」我不知書法是甚麼，他說書法是寫字。他用客家話說：「字是門樓書是屋，字寫得好，別人就說你有學問。」我寫了多天，還是一樣，越寫越悶。我向老一輩請教，怎樣才可以把字寫好？他們都說，多寫就會好。我不信，也不再寫。整天在玩，騎牛背到小溪撈魚，遙看遠山日落，紅霞在山邊穿過，村婦高唱山歌。

　　警校畢業，下班時碰上一位師兄，他快速換上便服，背上一布袋，匆忙離開警署。我問他幹嘛，這般匆忙？他說要去賣畫，中國水墨畫。短短的幾句話，給我留下深刻的印象。我不敢隨便踏進藝術圈，恐怕步他後塵。1958 年，我升級為警官，開始購買各類長短焦距的鏡頭，加入香港 35 米厘攝影學會，向前輩學習黑房技術。1959 年結婚，太太成為我的專用模特兒。往後數年，入住政府宿舍，面積大，自置黑房，更能掌握彩色、黑白的沖放技術。加入香港攝影學會，1963 年考獲該會的會士銜。同年參加美國攝影學會主辦的「世界業餘攝影沙龍十傑大賽（黑白組）」——全世界的攝影師都可以自由參加該會承認的攝影沙龍，經評審選出首十名，成為世界攝影十傑，我有幸排名第九，有資格出任香港沙龍為評審員。1964年，我寄作品到英國參加 ARPS 考試，雖然成功，但我沒有入會，也不喜歡頭銜。經過六年，我對攝影開始意興闌珊，每

»Den XIV«
på Charlottenborg
fra den 8. til og med 22. august 1965 kl. 10-18

1965年，葉愷憑這一幀作品贏得國際攝影比賽黑白組冠軍，相片
刊於展覽小冊子封面和內頁。他在60年代初結束攝影創作，這個
獎項可說是為此階段畫上一個完美的句號。

天在家對着玻璃大櫃，看的全是獎牌、獎杯、獎品和入選證。有一天，我請太太把玻璃大櫃裏的東西全丟掉，只留下四個大獎杯。她訝異地問我是不是瘋了？為甚麼？我說，這些東西全都不能留，留着它，就會阻礙我進步。

她說：「那你還留下四座獎杯幹嗎？」我說我計劃改學西洋畫，獎杯留着作洗筆用。一天，我看了一篇訪問，一名中國青年到法國學油畫，教授說，中國有極深厚的文化歷史，你為甚麼還要遠來法國？有機會他還想到中國學習。青年說：「對，我國文化歷史深厚，但貴國也有很多珍貴的歷史文化值得學習。」教授說：「接枝長出來的水果，不一定是甜的。」

受到上述幾句對話的影響，我開始去研究中國繪畫史和中國書法史，尋其根源，慢慢覺得前人理論博大精深，如「畫梅必須臥於梅林之內」，書裏沒有解釋。我默想，理解它是說：寫梅花之前，要徹底了解梅的花開花落過程，它的根、枝、花、葉、顏色、泥土、氣味，從早到晚，都在變化。寫梅不是寫梅之「形」，而是寫它的「神」。現代的畫家利用攝影機拍數張梅的照片，或從畫譜找出喜歡的造型，然後對着來描畫。這樣描出來的畫，只有貌，沒有神。畫論說：「遺貌取神」，談何容易？

記得幼年時家父的話：「書法是寫字，把字寫好，表示有學問。」叔父輩說多寫就好。長大後，我感到他們話，很有問

1970年代初，葉愷拜書印大師陳風子（左）為師學習篆刻藝術。

題。一個人多寫字不能把字寫好，充其量只能被稱作「書匠」。要成為書法家，必定要了解書法的歷史，歷代書法家的人生、背景、風格變化等等。興趣發生於「知」，真不我欺也。當年還沒有很多字帖出版，我去信日本二玄社郵購字帖，篆隸楷行草各體都有，日夕臨摹，對運筆速度、力度和線條等作不同的研究。我信自己多於信老師，所以沒有老師。

剛開始練習書法，用的紙是從電話簿撕下來的洋紙，到現在我還保存兩張。對一個潛心學習書法的人，保存所寫的第一張字是非常重要，當你感到疲勞，覺得沒有進步、厭倦、心灰意冷的時候，拿出第一張字來看和比較，你就不會放棄了。獨學而無友，則孤陋而寡聞，我相信結交書法同好，互相研討，更勝尋師問道。

日常練習的字，在放棄前，找出你認為寫得好的字，包括筆畫多或少，濃墨或淡墨，把它剪下貼在卡紙上，不管它的內容和含義，也是練習佈局方法之一，多練習，漸有所得，就知道前人說，何謂疏能跑馬，密不插針。

勤寫字，積聚的習作多了，所住的房子感到越來越小，要把一些不滿意的練習作品撕掉，在未撕之前，一般習慣把它從頭到尾看一次或多次，作出選擇，我習慣把作品從尾到頭倒轉看一次，不受作品內容影響，對它的疏密，字的大小，墨色的濃淡，線條的粗幼、勁力，盡快作出決定，該撕的立刻撕，

不要猶豫，這樣還可以培養敏銳的欣賞能力。在展覽廳看書法展，好的作品往往在一瞬間就能把你吸引住，是同樣的道理。

在旺角聯合廣場裱畫店有一位李潤師傅，一天，他坦白地對我説：「葉先生，你臨摹古畫范寬《谿山行旅圖》，從山形、瀑布、水口、吊橋、人物、馬隊等位置下筆很準確，但整張畫的線條很弱，特別是簽名和寫上年月日的字更弱。」我笑着説，李師傅高見。回家後，我看了看，細想，摹本《谿山行旅圖》是我從畫冊上拍攝的，然後將它放大，也有些更是用幻燈片拍下，局部放大，然後對着描，用鉛筆寫石膏素描的技法去臨。我對國畫的基本認識其實是未知未解。

學藝生涯中，影響我極深的是呂壽琨先生。回憶認識他的經過，我常留意香港藝壇的是是非非，在《華僑日報》看過呂先生每天寫的中國畫論，我佩服他，找朋友給我介紹認識他。幾天後，朋友來電話説，他約了呂先生週末在窩打老道慶相逢酒樓訂下一廂房，我説，太隆重了吧，我不是來拜師學藝。他説：「誰説你來拜師學藝？我們約定其他朋友來打麻雀。」從此，我認識了呂先生。回想那天，整個晚上，他沒有時間和我交談，只互相交換電話號碼。翌日，我們聯絡上，他家在窩打老道山，我開車接他回我在何文田山的警察宿舍。到了家，太座開門，我略作介紹，便帶他進我的畫室，看我在臨摹中的油畫裸女。呂先生問我：「為甚麼你選這畫來臨摹？」我説因為

1983年，葉愷接受《警聲》雜誌訪問時，向記者介紹他公餘臨摹北宋畫家范寬《谿山行旅圖》作品。葉愷憶述，其時未習書法，只用西洋素描方法來摹寫，故徒得其形。

好看、過癮。他問我：「家中有沒有錄音機？如果有，把機開了，讓我罵你兩小時。」我立刻把錄音機開了，有人罵我，求之不得。

「在臨摹之前，你花了多少時間詳細去看、去想？你知道這畫的作家是誰？ 是甚麼年代的作品？有沒有寫下該怎樣開始去畫？前人云，意在筆先，筆動意轉，筆周意內，筆盡意存是也。上述 16 字，該好好去想，一藝之成，絕非易事。」

自此，我從呂先生遊，亦師亦友，假日常開車到港九新界各景點，聆聽他對畫論的分析。他寫了好畫，也來電話邀我到他家，先睹為快。六個月後，他在中文大學校外課程開水墨畫班，我報名上課。第一課首先解釋何謂水墨畫，下課的時候，他要各同學在下次上課時，交習作一件，題目是《樹木》。

第二堂上課前，各人交出習作，老師看完後，把它分成三疊，最厚的一份是寫樹和木，彎曲的、直立的、樹叢、懸崖掛枝、河邊垂柳等，都是樹木。最後只剩下兩張，一張畫的是生長在泥土上盤屈的樹根，另一張是我畫大松樹的部份樹幹。我用的不是毛筆，是用牙籤蘸墨，寫成線條把樹幹分拆成若干塊大小不一的體積。最後用毛筆蘸墨，分濃淡塗在樹幹分割的體積。這張練習作品就完成了。呂先生用這兩張畫對同學們作為教材，說出畫題《樹木》，是希望你們能動腦筋，寫出新意。

課堂上，呂先生介紹齊白石的畫——水墨蝦群，他說畫上

的每一根蝦鬚，筆力強勁，有一觸即跳的感覺，非常人所能達致。我隨着說，我不相信，如果我寫上百根蝦鬚，當有幾根和他一樣，或比他更好。呂先生說：「好問題，但我反問你，你懂得找出哪幾根是比他更好的嗎？」我無言以對。

1968 年，我開始畫西畫；1970 年認識呂先生；1972 年秋，我初試用絹寫畫，臨董源的《夏山圖卷》，有很多問題解決不了，特請呂先生到家指導。他一時興起，拿起筆墨，給我寫了一幀畫，並解釋用筆用墨的技巧，約半小時完成。他說：「葉愷，這畫你留下吧！」我很高興，說聲謝謝，我不敢請他在畫上簽名蓋章。不幸五年後，1975 年，呂先生心臟病辭世，我失去一位良師益友。畫班的同學，也感到無奈。我鼓勵同學們說，老師離去，是給我們機會自立，何況，老師常說，跟老師不要超過兩年，畫作上有了老師的影子，就會影響個人思考和創作。

香港回歸後，搬家時，找回呂老師送給我的畫，懷念老師之際，我在畫上寫上一段小文：「戊申春，余始習西畫，常聞畫人攻訐呂壽琨先生，余頗奇之，庚戌年夏，承友人之介，得識呂先生，一見如故，自此杖履同遊，余以先生為師，而先生亦視余為友。壬子秋，先生蒞寒齋論藝，承興繪此幀示範，不意三年後，竟遽歸道山，今夏偶撿舊篋，忽睹故人遺墨，不勝低徊，憶先生信手揮毫，恍如昨日，然已山頹木壞，倏忽

二十五寒暑矣，思之茫然。庚辰仲夏，葉愷識於九龍荈味草堂。」畫經裝裱後，懸掛於我在順德大良的工作坊。

1970年，好友潘振華到訪，談起要學篆刻，我笑着説：「刻圖章這小玩意，不用學吧，同文街路旁很多小檔，付一點錢，就可以有一方圖章。」潘説，篆刻不同刻圖章。我説：「拿十方在路旁刻的印，與十方篆刻家刻的印章，每方印黏在卡上，把20張卡洗勻，你能從中找出哪十方是印？哪十方是篆刻？」經他略作解釋刻印和篆刻，我頓悟其中有大道理。

翌日，我到圖書館找有關篆刻的書，略看一回，我到集古齋，看壁上掛有四位篆刻家的印譜，我看了後，喜歡陳風子的印。我問店員，可否給我陳風子先生的電話，他説不能，要刻印請把石章留下，我謝了。我再跑到商務印書館，在店裏也有陳先生的印譜；我找店員，向他要陳老師的電話，他説同樣的話，我謝了他。再跑到附近的新風閣，在店裏也有陳先生的印譜，同時也有毛章和《毛語錄》，我學乖了，這次先和同志們打招呼，談《毛語錄》，然後向他要陳風子老師的電話，他很快就寫給我，更歡迎我使用店裏的電話。我不客氣就撥電話給陳老師，説我在店裏看到他的印譜，想跟他學習篆刻。他問我現在在哪裏，我説在皇后大道中。他説很好，要我立刻到大道中上海商業銀行四樓，有服務員領我到他的辦事處。

見了面，我道明來意，他問我在那兒辦事？我説在政府工

葉愷在《警聲》的訪問中展示他的刻印藝術。他說，聽陳語山一課後，
自學邊款，用的是墨硯而非章石，另闢蹊徑。

務局，暫把警察身份隱瞞，因為當年警察聲譽不太好。他接着説，難得年輕人肯學，他樂於授予有緣人。我正要問他學費，他説既是有緣人，不收學費。每星期一在灣仔洛克道某涼茶店上課一個半小時。首天上課，老師説，學篆刻，一定要學篆書。開始的時候，要學開石、打磨，各類工具的操作，刀的運控，篆刻家一般是不用印藏，只用手控，刻出來的線條，比較靈活。時間到點，他送我篆刻入門的書本，要我去看。第二課，他帶上已經寫上篆文的章石，動刀刻石，我在旁留心觀看，完成後，用刷子去垢，蓋上印泥把章蓋在紙上，給我解釋有些不達標的線條須要修改等等，時間已到點，下次再談。我對老師説，涼茶店的環境不適宜上課，下次改地點好嗎？他問，到哪兒去？我提出到維多利亞公園游泳池旁的露天茶座。老師説，好地方。

　　第三課改在露天茶座，老師帶來十方石章，其中八方石章已經寫上篆文，其餘兩石章未寫，他給我講解在章石上寫篆書反體印文，他帶來小筆和墨，給我示範。其後，他將十方石章給我帶回家，三星期後上課，要將十方石章刻完，交給他看。在閒聊時，我才將我的警察身份告訴老師，我是代表警察駐工務局交通工程部為聯絡官，在該崗位工作有年，遠離貪污，自得其樂，更多時間幹我喜歡幹的事。我仰慕而認識的藝術家，陳老師是其中之一。當年，藝術館也有一小閣長期展出老師的

篆刻作品。三星期後，上課時，我將十方已刻的朱文、白文石章呈給老師看，他第一時間讚我説，我是他第一個學生，首次交功課就懂得破邊，我説：「老師你忘了在第一次上課後，你曾送我一本篆刻入門的書嗎？」

隨後的課程，都是老師看我的習作，要我從中挑選出五方較好的石章，向他解釋其優劣之處，我盡力而為，最後他補充意見。上課完畢，我誠懇地對老師説，我想暫時放下刻章，因為我對篆書認識不深，我要學寫和多認識篆文，然後再刻章。老師笑着認同。

完成一方圖章，大部份刻者喜歡在石章旁刻上邊款，當年陳語山先生在篆刻界有邊款王之稱。我找朋友李拓領我去拜訪陳語山前輩。見面的時候，他倆互相擁抱，用粗語問候，可見友誼深厚。李拓道達來意。説：「你在圈子裏有邊款王之稱，葉愷特來拜訪尋藝。」陳先生一語不發，拿起刻刀，在石章上刻一段文字，我在旁留心觀看。在整個過程中，我不提出問題，以免騷擾他全神投入工作。刻完以後，他不作解釋，把石章送給我説，帶回家慢慢去看去想吧。我接過石章，仔細看。他和李拓敍舊、喝酒。臨行前，我雙手奉還石章給陳先生，説：「今天我上了寶貴、精彩的一課，畢生難忘，石章不敢收下。」

回家後，我找一方石章，在它四面刻唐詩，刻邊款一般不用篆書，用小楷行草，頗具雛形。我忽發奇想，為甚麼不試刻

墨硯？於是把一方小硯台試刻，效果還不錯，硯石比較硬，要多加些勁。在往後三個月，我刻了三方不同產地的硯台，取材詩詞和古文觀止。

初學書法，我用一年半時間，從竹木簡到篆、隸、楷、行、草各體，每體寫上三個月，有所知然後定下目標，專攻楷行草三體。從此我愛上書法，一直寫了四十餘年，往後的日子，還會繼續寫。在這 40 多年，我和同好幾乎遊遍所有知名的書法勝地，如西安碑林、千唐誌齋、北京故宮、龍門石窟、石門頌碑林、泰山碑林、金剛經石刻、華山、黃山、鐵山、崗山摩崖、台灣故宮等，旅遊兼學習，人生快事！

偶然在電視上看了北京萬里長城片集，長城是被公認為世界歷史文化遺產，中國書法也同樣被認為世界歷史文化遺產。我想現在的長城還有甚麼實用？除了供後人憑弔、旅遊、研究之外，它已失去實用價值。中國歷朝歷代書法名家輩出，作品只供後人欣賞、收藏、待價而沽，贗品充斥市場。現在中國書法的實用價值，已被電腦科技取代，手指代替毛筆。如果我們還抱着書法能超越前人，簡直是夢想。惟有創新，才有出路。傳統的書法，取材方面，白紙黑字；選材方面，詩詞歌賦，名言雋語；裝裱形式，有掛軸、卷軸、手卷、扇面、斗方、對聯、冊頁等。其實，書法內容可注入新的元素，如中醫處方用箋、俗語、流行語、歌詞、少數民族山歌，單字等等。回憶 2016

葉愷向《警聲》記者介紹其書法。事隔三十多年，他今天謙稱當年之作
「不堪入目」。

年，我首次舉辦個人書法展覽，我把黑社會的題材帶進展廳，因我曾經駐法庭為主控官兩年，有一宗案件，疑犯被控身為黑社會（雙花紅棍）會員，案件在我庭開審，被告不認罪，控方安排黑社會專家上庭解釋何謂雙花紅棍。他說紅棍是打手，雙花紅棍是曾經有傷人或殺人案底的打手。必須具備「兇、狼、險、惡、毒」的條件才能出任此要職。一次搬家時，木匠把客廳上木吊櫃拆除，老妻對我說：「可否留下吊櫃上的六塊門板作留念？這木櫃是她出嫁時的陪嫁品。」我沒有理由拒絕。搬到新居後，我對着這六塊木板發呆，我想到廢物可以利用，最後，我把五塊木板每塊刻一字，「恭、勤、儉、愛、讀」，另一塊刻上小字，勸黑社會的頭兒們把兇狼險惡毒，改為恭勤儉愛讀，如能實現，則功德無量，社會安寧。

為書法添新姿，書寫用的紙、筆、墨，也可以用其他物料代替，紙的種類，多不勝數，除宣紙外，我常用的有牆紙、酬神用的元寶紙、接生用的草紙，各類顏色厚薄不一的洋紙、半透明牛油紙、木板、膠地板、玻璃等等。廚房用具，也可以寫字，碗碟、茶壺、筷子，裹糉用的葉、公園地上的落葉。我在潮州旅遊時，在夜市找到一具紅泥小火爐，買回來後寫上小楷。食物盒在丟棄之前，試用之寫字，多有意外收穫，也算是一種環保意識。我的個展中，就不乏環保創新的作品，至於大家能否接受和欣賞，有待評價，而我已經得到個人的樂趣。

2016 年樂茶雅舍於饒宗頤
文化館舉辦「葉愷八三書法
展」，葉愷與夫人在其展品
前留影。

友人曾勸我，不要「搞搞震」（亂搞），我不同意，我不認為是在搞搞震，我仍然把書法放在第一位，只是在書法的傳統技法上，加上選材、用料、內容、裝飾方面的創新而已。我從不後悔選擇走上這漫長藝術路，定下目標，無所求，身體健康，生活愉快已感滿足。我寫書法的座右銘：「學書之道，首重自娛，次求參悟，恆以平常心為之，則去古日遠，而吾道存焉。 己卯冬 葉愷自題，自刻。」銘文及自畫像是刻在家母遺下的花梨木麻雀枱板，左方是圖像，右方是銘文。此作品完成後，懸掛在順德大良我的畫室。每當我完成體積較大的作品，都存放在大良畫室裏。學書的原動力來自自娛和求進步，厚積而薄發，所以在 83 歲時才舉辦了首次個展，透過展出結交更多朋友和同好，是一種緣份，當緣份再來，我還可能有第二次個展。

學書事件簿

　　我開始學書法時，曾立志要獲取香港藝術雙年獎，後來入選九次，年份為 1983，1987，1989，1992，1998，2001，2003，2005，2009。

　　1995 年 3 月，市政局建築署邀請若干對書法有興趣人士為九龍寨城公園寫對聯，稿件由市政局提供，筆潤不論名氣大小，一律 3,000 元。我寫的對聯是掛在龍津亭。十年後，我重遊舊地，所有在戶外懸掛的竹木刻藝術品都失去蹤影，園丁告訴我，所有的木刻作品全都因腐爛而丟掉。太可惜了。

　　從 1990 年至 2004 年，藝術館先後收藏我的書法作品共七件。

　　2010 年，香港藝術館為配合上海世界博覽會活動，將館藏我的書法作品《小草文抄》展於上海美術館。

　　2011 年，香港藝術館將館藏我的書法作品《漁家傲　李清照詞》推介上載至 Google Art Project，使世界各地對藝術有興趣的朋友在全日 24 小時均可於網上欣賞。

2016 年，樂茶雅舍在饒宗頤文化館為我舉辦首次個人書法展──「葉愷八三」。

本人多年的藝術作品，部份可在葉愷書法網瀏覽：

www.ip-hoi.com

請讀者多多指教。

承蒙林建強先生提供以下圖片，特此鳴謝！

圖片於書中頁數：21, 22, 35, 43, 47, 114, 168, 169, 228, 231, 253, 257, 259, 260, 261, 271, 272, 291